末日時在做什麼？有沒有空？可以來拯救嗎？

5

枯野 瑛
Akira Kareno

illustration ue

Kadokawa Fantastic Novels

末日時
在做什麼？
有沒有空？
可以來拯救嗎？

contents

「那股勇氣為誰而起」

-we can never save XXX-

旅途過於漫長，逐步磨耗掉他們的記憶。

故鄉太遠，回憶太淡。就連流逝的龐大時間也失去時間本身的意義。

為什麼開始旅行？應該是出於戰爭或災害之類的因素。他們離開故鄉，搭乘橫渡繁星（世界）之船，踏上了這趟旅途。他們曾造訪好幾處的星星（世界），然後離去。

等到察覺時，已經迷失了返鄉的路。

回首航路不見半點痕跡，只有整片深邃的黑暗。

喪失歸途，方生回鄉之念。意念無處可去，隨即淪為單純的執迷。

他們一心思念故鄉，不停地盼望，並且祈願。

對故鄉的記憶不復存在。因此，只好溫習銘記於船體主幹（Poteau）的古老記錄，為那些幻影焦心不已。

他們沒有名為死亡的盡頭。

經過只比永恆短一些的流浪，到最後他們放棄了故鄉。於是，他們有意沉睡於用以度過下一段永恆的舞臺，而仿照故鄉塑造而成的沙盒之中。

那就是一個結束。

那就是一個開始。

他們是橫渡眾星之民。

往後將被稱呼為星神（Visitors）的一族——

†

「——哇。」

黎拉．亞斯普萊把話聽到這裡，就音調平淡地發出感嘆。

該怎麼說呢？雖然她有心理準備，但這實在太離譜。

「在此揭露，這就是世界誕生的真相！……感覺塞滿了青春期的妄想，哪門子的獨家世界觀啊！我說啊，師父，你年紀也一大把了，做人是不是該安分點？」

「身為當代的正規勇者（Legal Brave）胡扯什麼。基本上，我絕無虛言。」

「那我倒明白。不過你說的這些內容就是沒辦法讓人一臉正經地聽進去。」

黎拉露出曖昧笑容，然後舉杯喝下蜂蜜酒（Mead）。

帝都第六街區的一角，平價酒館在深夜仍燈火通明。由於肉的油脂和菸草都會冒煙，導致眼前白茫茫。這地方和乾淨高雅相差甚遠，餐點卻相當不賴。不愧是師父挑的店，如此心想的黎拉對師父刮目相看。

「所以說，按照師父講的那套創世神話，星神們都把自己的靈魂埋葬到……呃，船體主幹所設的沙盒世界裡面了，對不對。在這個節骨眼，我先不吐槽有靈魂這種怪力亂神的字眼突然冒出來好了。」

她將指頭轉了轉又說：

「之後存活下來的星神只有兩個人，呃，應該說兩尊神。其中之一是我們明天要去宰的艾陸可．霍克斯登，另一個則是──」

黎拉拿叉著肉的叉子朝眼前的「師父」直直地用力一指。

「──來自外界的訪客，『異鄉人』尼爾斯。」

「妳別用餐具指人，沒規矩。」

「反正師父說自己是神，又不是人。」

「就算是神也別用餐具亂指，沒規矩。」

話是那麼說沒錯。

認同的黎拉將叉子轉回去，把肉送進嘴裡。肉汁滿溢。表面的焦痕苦得恰到好處又美味。她回頭朝廚房喊：阿伯，這個好吃耶，再來一盤！

「還有，我跟霍克斯登他們不同。故鄉既不相同，旅途也不一樣。我只是碰巧也流落到這個世界的，來自他方的旅客。」

「對這個世界泛指的人類來說，感覺沒差別就是了。」

「我可不像霍克斯登他們那麼神。全知全能都跟我沾不上邊。能玩的花樣也的確不像他們那樣豐富厲害。我也具備來自異界的魔力，次數卻有嚴格限制。再用兩次就得揮別這個世界了。」

要說的話，本大爺確實與眾不同。強到不行，聰明到不行，帥到不行。但這就是我的極限，沒辦法登上更高的境界。」

你到底把自己評得多了不起啊，不是不說謊的嗎？——黎拉想這樣挖苦師父，但是作罷了。畢竟麻煩在於，她這位「師父」尼爾斯．D．佛利拿，實際上就是強悍精明到不行。至於最後那句「帥到不行」是否得當，倒有點難置評……哎，應該也有人看了會那樣認為吧，沒錯。黎拉希望對個人的審美意識保有雅量。

「所以嘍，對於你們接下來要挑戰的這場仗，我也無法提供多大助力。舞台上交給現任勇者等人發揮，幕後人員就守本分地在後面處理不起眼的工作啦。」

「……是喔。那沒辦法嘍。」

黎拉嘀咕似的一邊回答，一邊喀沙喀沙地嚼碎隨附的生鮮蔬菜。

「你說的不起眼工作跟真界（True World）再想聖歌隊有關嗎？」

「哎，這個嘛。」

尼爾斯含糊回答，舉起酒瓶一飲而盡。

「我起初創設那玩意兒，單純只是想弄個用來保護人類的祕密結社就是了。為了營造潔白的形象，我連名稱都深思了兩年才決定的耶！」

「不對吧？」

花兩年還那樣？取成那樣？

「後來，我只不過擱上八十年，他們就完全走樣了。」

「不對不對吧？」

這位高人把事情講得像在玄關站著跟人聊著聊著，鍋子裡的東西就煮爛了。然而，八十年這樣的數字，本來並不該講得像在煮一頓晚餐才對。不老不死的星神……來訪者在這方面的觀念，終究有別於人類吧。

「我東忙一會兒西忙一會兒，時間就真的沒了。人類滅亡已經進入倒數階段。然而，目前聖歌隊垮了一半還搞內部分裂，甚至被迫在檯面下行事，單靠他們根本動彈不得。不得已，我只好跟他們目前的頭頭取得聯繫，並且直接對幾項局面下指示。被妳抓到的狐狸尾巴，八成就是那時留下的吧……我想。」

此時尼爾斯把話打住，然後瞇細眼睛。

「那麼，黎拉。話說到這裡，妳信不信？」

「呃，我是不想信啦。但你沒騙人對吧？」

他點頭。

「既然如此，可能性有兩種。要不是師父你打從腦子裡深信那種丟人現眼的妄想，就是剛才那些話全部屬實……我個人希望用全力選前者就是了。」

黎拉「唉」地嘆出聲音。

「我那樣做，師父你大概會哭吧。而且會哭得非常煩人。」

「妳講起尖酸話跟威廉真是一個樣……」

「還不是因為我們兩個都像師父。讓純真的少年少女學壞成這樣，你要負責任啦。」

「明明是妳自己找上門拜師的，說這什麼話。」

尼爾斯嘴裡咕咕噥噥，但黎拉決定裝成沒聽見。

「先不管那個了。」

尼爾斯把分不出肥瘦的整塊肉塞進嘴裡，並且厲然地斂起眼神和臉色。

「黎拉。妳別參加明天那場仗。」

「嘴裡有東西不要講話。」

「嗯，唔，好啦。」咕嚕。「黎拉。妳別參加明天那場仗。」

他把肉吞了後又重說一遍。真規矩。

「艾陸可·霍克斯登年紀還小，應該沒有知識能獨自判斷要殲滅人類。目前那些傢伙會攻打人類，應該是出自某一尊地神……我猜是翠釘侯（Jade Nail）做的判斷。」

「你怎麼曉得？」

「那還用說，我跟他們是熟到跟人類史一樣久的老交情。」

唔哇，這個人隨口鬼扯什麼啊？

「雖然我跟他們也隔了和人類史一樣久的時間沒見面。」

而且他還補了一句亂不可靠的話。

「世界末日近了。」

尼爾斯舉起酒瓶豪飲。或許是心理作用吧，他喝的步調比平時快。印象中他似乎說過，任何毒素對他的身體一律起不了作用，因此都不會喝醉就是了。

「要防止那種結局，必須有星神的遺體。準確來講是他們的靈魂。而且，還需要能將其正確地加工，讓靈魂與始源詛咒一同扎根於『種子』的知識與技術。不趕快找齊那些，人類遲早會將這個世界整個毀滅。」

「為什麼？」

「說明起來會又臭又長，把那當前提略過吧……然後呢，在那樣的前提之下，眾地神抱持的想法就簡單了。艾陸可的寶貴靈魂萬萬不能受損。所以他們要消滅人類。」

「等一下。」

黎拉在中途打斷師父的話。

「照我聽起來，人類在那種狀況下已經走投無路了耶。活下來會面臨世界末日，死光了當然就等於絕種，對不對？」

「倒不盡然。我有詛咒的知識與技術。用來加工靈魂的咒術設施也已經偷偷在某座城鎮地底下建造完成了。剩下只需要星神的一道靈魂……」

「駁回。」

她斬釘截鐵地回絕。

「……我還沒把話說完耶。」

「不用你說，我一連串聽下來也曉得。

只要我能殺了星神艾陸可那就萬事足矣。我猜教會那邊已經談好了……要不然就是我們這群人當中混了真界再想聖歌隊的同夥，師父只要交代那些人把靈魂回收，再親自施以剛才提到的詛咒就好。從之前談的內容來想，本來的計畫應該是那樣。

然而師父特地叫我『逃』，就表示打算從其他地方張羅星神的靈魂。理由大概是我碰巧在今天晚上露面，讓師父動了感情。」

黎拉搶走尼爾斯的酒瓶，將裡面的酒全倒進自己的杯子中，然後喝光。

「……師父，你打算用自己的靈魂對吧。而且那大概算退而求其次，表示成功率高不到哪裡才對。」

沒有回應。

「別想那樣做。當代的正規勇者是我。假如要為世界奉獻己身，那就是我的職責。」

「妳——」

「我明白。星神是不將瑟尼歐里斯完全解放就無法戰勝的對手。要殺他們應該不成問題，我要生還卻全然無望……不過。」

黎拉像平時一樣咧嘴，露出笑容。

她認為自己在笑。她對演技有自信。

「即使如此，只要把劍完全解放，我肯定會贏。勝算高就是最美好的事。因為我豁出去的命還有覺悟都不會白費。」

「妳應該沒有不惜拚到那種地步的理由吧。」

師父帶著像在強忍苦澀的臉色，對她問了讓人懷念的問題。

黎拉不記得那是幾年前的事情了。她那沒有才能的師兄曾在某座戰場上問了一模一樣的問題。

「在妳心裡，就算有故鄉被毀滅的悲傷，也沒有憤怒。身為勇者的使命和聖劍的重量，也都不是妳自願擔負的。」

「對啊。」

黎拉和當時一樣老實點頭。

然後，接下來這些是她當時沒說出的話。

「不過，這也沒辦法啊。因為我退出以後，威廉肯定會說他就算單槍匹馬也要去。而且要是放著不管，他真的會那樣做喔。」

「……啥？」

黎拉從籃子裡捏了一塊炸地瓜塞進嘴巴。

她大口咀嚼——同時也將自己以前發覺的事情，將那些她不小心發覺的事情依序一一道來：

「正規勇者強大無比。任何武藝都不能比肩，任何咒術都不能企及，任何怪物都不能敵。因此，勇者出征必勝。原因何在？」

尼爾斯沉默不語。

「每一名正規勇者身上，彼此都背負著類似的悲劇；背負著誓言；背負著心願。沒有那些就無法成為正規勇者。沒有那些就發揮不了身為正規勇者的功用。在故事上要背負著必然的背景，才能獲得在故事上必然的勝利。

我不懂其中因果和理由。我現在說的，只是自己親身對於正規勇者這種人的體會。不過，我滿有正中要點的把握。簡單來說——」

咕嚕。

「——正規勇者，就是在複製以往實際存在過的『典型勇者』的人生。」

尼爾斯依舊沉默。

「我們過的並不是自己的人生。我們只是按著對眾人都好，對某人有利，內容卻規劃得大同小異的人生在過活。

詭辯與牽強附會是咒術的基礎，對吧。類似的東西會共享相同的性質。即使有『勇者』才能打倒的敵手，只要存在和『勇者』度過相似人生的人，一樣能打倒對方才對，就這麼回事。」

所以度過與『勇者』類似人生的我們，才可以像『勇者』過去所做的那樣，行使比任何人都強大的權能。與敵人作戰必定會勝利。而且……」

啊，糟糕。黎拉察覺大事不妙。她的眼眶在發熱。

明明已經決定不再哭泣的。

明明她對自己發過誓，要始終隱瞞著這些，當一個不知道在想什麼的討厭鬼。明明如此，她卻停不住。

「就像『勇者』以往經歷過的一樣……我們絕對救不了自己真正想救的人……也絕對回不了自己想回去的地方。事情就是這樣吧，第十八屆前正規勇者尼爾斯·迪戴克·佛利拿？」

而尼爾斯——

眼前這個人生（？）似乎過得比黎拉更加複雜麻煩而辛苦的男子，則擺了一副苦澀的表情，然後轉開目光。

「其實當中沒有什麼明確的規範。」

「那我剛才也聽過了耶。」黎拉曖昧地笑。「當中是沒有明文規範，但你並不否認正規勇者本身就是那樣的。」

沒有回應。

「嗯，既然如此。太好了。我的覺悟沒有白費。

的確，對於父母和祖國被滅亡的憤怒，還有被聖劍(Carillon)選上之人的使命，我都不覺得有多重要。可是，這不代表我沒有任何不惜捨命作戰的理由喔，師父。」

眼淚——感覺已經藏不住也無法掩飾了——因此，黎拉含蓄地用指背擦掉淚水。然後她覺得那種少女般的動作八成跟自己不搭調，就笑了一笑。

「威廉有他想回去的歸宿，更有許多想幫助的人。他跟兩者皆無的我不一樣。還有師父，他肯定也跟你不一樣。所以嘍。」

於是，嗓音裡噙著一絲淚水的黎拉自豪地表示。

「唯有威廉，我絕不會讓他成為正規勇者。

我作戰的理由有那就夠了。反正我只是為此才會當正規勇者，明天也只是為此才會去討伐星神。」

「天上之霧」
-uncomplete sonnets-

1. 星神艾陸可・霍克斯登

她只是想成為「某個人」。

起初，她所求的不過如此罷了。

†

小而堅固的結界裡，有個孩子正在淺寐。

所謂結界，就是從外界獨立出來的一個小小天地。那孩子從出生至此，都沒有由結界裡面出來過。

『因為星神的存在太過巨大吶。你們光是一出現，就難保不會壓垮外界的眾生心靈。』

這是孩子的家人之一**黑燭**所說的話。

『妳的爸爸媽媽為了活在這塊土地，大多把自己的靈魂切成了細細小小的碎片。可是，我們不希望妳走上和他們一樣的路。妳是我們最後的主人。希望妳能一直保持現在這樣。』

這是同為家人的**紅湖**所說的話。

『吾等三地神，乃是為了引導汝等星神而存在——如今星神大多已離開這艘**船**，吾等便是為妳而存在。吾將奉上此身此靈的一切，永保妳不受任何外敵侵擾。吾主艾陸可．霍克斯登。』

這同樣是身為家人的**翠釘**所說的話。

從那孩子……艾陸可有意識開始，這三人便一直守在她身邊，溫柔地給予她扶持，教導她種種不同的事情，聽從她各式各樣的願望。

然而，只有一件事免談。

他們三個無論如何，就是不准艾陸可離開這道養育她長大的結界，就是不准她親眼見識結界外面的天地。

有一次，**翠釘**不見了。

接著，連**黑燭**也消失蹤影了。

即使艾陸可問他們去了哪裡，**紅湖**都不肯回答。

『完成職責以後，他們立刻會回來喔。』

紅湖只含糊地說了這些，就把目光轉開了。

——職責是什麼？

艾陸可也有茫然地如此想過。然而，想進一步思考的她太過無知，就算要思考本身的無知也太過年幼了。

不久，連**紅湖**都不知道去了哪裡，艾陸可就被獨自留在小小的結界裡。

她既不擔心也不困惑，只覺得在狹窄的結界裡百般無聊。

無聊時光持續得比最初想像的更久。在既無太陽也無月亮的那道結界裡，那孩子茫然地一直等著家人回來。

結界裡的玩具都玩遍了。

而布偶只是玩得粗魯些，就一點一點地壞掉了。為了避免損壞得更嚴重，艾陸可決定把布偶放在牆邊不靠近。**翠釘**回來以後肯定會幫忙修好。所以乖乖等他回來吧。她心想。

結界的外殼被打破，發出巨大聲響。

怎麼了？艾陸可這麼想。那顯然不是黑燭他們。那些地神進出結界不會發出這麼大的噪音。那麼，來的究竟是誰呢……？

答案立刻在艾陸可眼前出現了。

人類。年方十六。帶著好似用金屬片拼湊成的奇妙大劍。

名為黎拉．亞斯普萊的那位紅髮女孩既為正規勇者，同時也是讚光教會為了弒殺力量超凡的星神艾陸可．霍克斯登而派來的一種兵器。

「……唔……嘎啊……」

黎拉瀕臨絕命。

身體受創。鮮血流淌。無數撕裂傷摧殘著她的外衣及底下肌膚。每一道都是稍有差錯就難保不會致命的深深傷口。

『——妳是誰？』

艾陸可將單純的疑念化為念波釋出。

不具敵意和殺意，簡潔明快的疑念。然而蘊藏超凡力量的念波形成了凶猛衝擊，迴盪在封閉的結界裡，重創黎拉的心靈。

黎拉發出水鳥被掐住脖子似的慘叫，痛苦地掙扎。

黑燭說的話沒有任何誇張之處。巨鯨光是扭身，游於旁邊的小魚就會受其擺弄。和艾陸可具備的超凡巨靈相比，黎拉那渺小的人類靈魂等同於塵埃。

「唔啊……」

黎拉屈膝，一度差點趴倒在現場。

她用手裡的大劍——聖劍瑟尼歐里斯當拐杖才勉強撐住。向前，再向前。她拖著腳步，一步一步地邁進。

艾陸可愣住了。她還小，不明白死是何物。眼前的黎拉就要死了，而自己正要奪走其性命，這些對年幼的她來說都完全超出理解範圍。

因為超出理解範圍，所以有興趣。

眼前的**這個**到底是什麼，對方打算做什麼呢？她心想。

『找我，有什麼事？』

又一陣衝擊撲向黎拉。

腳步不穩的她被震得撞在牆上。

流出的血玷汙牆與地板，黎拉仍站了起來。

好厲害。雖然不太明白是怎麼回事，但是這真的好厲害。艾陸可面對初次見識的事物，興趣油然而生。興奮之情給了念波更大的力量。

「我……」

咳。對方吐掉從喉嚨湧出的血，然後又說：

「我叫黎拉・亞斯普萊。只是個來殺妳，然後拯救世界的勇者。」

『感覺好像很辛苦。』

黎拉的身軀遭到雷擊似的顫抖了。即使如此——

「很辛苦啊。」

唇邊冒血的同時，她自豪地笑。

艾陸可不明白死、疼痛以及苦楚是何物。然而她看了黎拉的那副姿態，就感受到對方應該是帶著非比尋常的決心站在那裡。

黑燭、**翠釘**還有**紅湖**都太過不凡，沒有教艾陸可認識那樣的姿態。

『妳為什麼要拯救世界呢？』

「……啊～」

倚靠大劍站著的黎拉思索了一會兒。

哎，也罷。在此刻坦白吧。沒有把話說出來的她如此嘀咕。

「因為，我有喜歡的人。」

黎拉當時的表情。

那副笑容。實在太溫柔，太耀眼。

真希望變得像這個人一樣。

艾陸可有了這種念頭。

她產生了憧憬。

「只為了這個原因就來弒神，連我都覺得自己在做蠢事。不過，我也沒辦法嘛。那傢伙從骨子裡就是個傻瓜。假如我不搶先做蠢事，之後會做蠢事的就是他。畢竟威廉真的是個傻瓜。」

黎拉受到好幾次衝擊，意識將近碎散。她帶著恍惚如作夢的眼神，腳步依然不停下。一步，再一步，黎拉拉近彼此距離，終於站到了艾陸可眼前。

「再見了，小小的星神。雖然我對妳沒有怨恨，安眠吧。」

至少，希望妳能作許許多多的美夢——黎拉這麼說。

她舉起大劍。

黎拉緩緩地、直直地、仔細地將劍插入艾陸可的胸口，態度溫和得像是在輕撫稚子的頭，劍貫穿了小小的身軀。

依然愣著的艾陸可眨了眨眼。星神是不死者。他們只能在自己出生的世界迎接死，還迷失了通往那世界的道路。因此，就算具備痛覺，也無法感受到那有危險。

血液流出。

大劍的劍身上冒出幾道裂縫。裂縫微微張開，從中綻放淡淡的光芒。位於人世的最高階聖劍瑟尼歐里斯展現其特有異稟（Talent）。能令任何生命化為「死者」的那股力量，既使用來對付不死之人也不例外。

淡淡的光芒逐漸減弱，消失。

心靈在最後潰散的黎拉用盡了力氣，閉上眼睛。

——咦？

像拉下帷幕一樣，艾陸可的視野頓時變暗了。

全身彷彿被飄浮感包圍。有種似乎一直往下墜的錯覺。

朝一片漆黑墜落，落得又低，又深，又沉。墜落不止。墜落不止。

就這樣，年幼星神落入名為死亡的長眠之中。

†

勇者成功討伐邪惡星神，世界所受的威脅已去。

正義必勝，強者必能守住弱者。

彷彿順著常見的英雄故事套路，那場仗結束了。

壯志未酬身先死的那些人固然不幸，但他們的命絕非白費。正因為有他們犧牲，人們才能存活下來。所有的死都是有意義的。因此，現在只需慶幸這美好的快樂結局……

趁著人們在純真地熱烈歡喜下產生的漏洞。

某天晚上，透過準勇者(Quasi Brave)納維爾特里・提戈扎可之手，理應收藏在封印庫的星神艾陸可・霍克斯登屍首被祕密地運走。

星神靈魂的碎片是用於創造人類這個物種的素材之一，亦為從滅亡中拯救人類的關鍵。真界再想聖歌隊為了實際行使這項救贖，便費盡千辛萬苦從納維爾特里運來的屍首抽出靈魂，打算將其粉碎。

但他們並沒有順利達成。

理由多得是。真界再想聖歌隊之祖，尼爾斯．D．佛利拿在先前那場仗當中失去行蹤；醫師協會發現一連串研究成果有望成為治療眾多疾病的突破口，便在緊要關頭將幾成研究者挖走；為擊潰與帝國作對的邪惡組織，滿懷正義感的冒險者們對聖歌隊發動了襲擊。

種種原因複雜交錯，導致了必然的結果。

原本非得搗碎成像沙粒那樣細的靈魂，大半仍保持原形，其他的也頂多只有粉碎成如小石頭的大小。

那些碎片當然不可能成為救贖的關鍵。

常見的英雄故事套路，已經派不上用場了。

沒有祈禱喚起奇蹟，也沒有人祭出讓局面翻盤的策略，更沒有足以解決一切問題的遠古睿智甦醒。

因此，一路走來會有這樣的結局是天經地義，人類滅亡了。

後來留在世上的，是對寄居在這塊大地上的萬般生命深惡痛絕，欲毀之而後快的恐怖〈獸〉群。

是勉強活過頭一年，改朝天空追求安寧居所的少數逃難者。

還有艾陸可・霍克斯登身上——被粉碎之後無處可去，就這樣遭到擱置的那些靈魂碎片。

†

「——我又作了天上的夢。」

在〈嘆月的最初之獸(Chantre)〉創造的幻覺空間中。

紅髮少女一邊忍住長長的呵欠，一邊朝虛空開口。

『妳是說上次那個妖精，把獸人小孩拖進湖裡的那個……？』

從那片虛空中，冒出了大得連成人都無法用雙臂環抱的空魚身影。

「不對。那孩子之後立刻就被討伐了。這次我夢見的是另一群。在森林裡，只聚著成群妖精大吵大鬧的。她們不懂語言，所以一會兒哭，一會兒笑，一會兒大叫。」

『擾人清靜嘛。』

「嗯，別人都會怕她們。」

那當然了，空魚連連點頭。

「……那些孩子是怎麼一回事呢？」

『嗯～妳的疑問是什麼？』

「在夢境裡。我啊，待在感覺好懷念的地方。就是黑燭和翠釘都還在時，那個小小的結界裡面。」

『啊，妳是說我們那艘令人懷念的星船。』

「該怎麼說呢？在那裡，到處都有『故事』遺落。有的在牆上的洞裡，有的夾在櫥櫃縫隙，有的混在繪本的插圖當中。我找出那些故事以後，我就會認識那幾個孩子。我可以知道她們在哪裡做些什麼，思考著什麼事情，有什麼感受。好像看書一樣，我可以讀到那些孩子的一生。」

『這個結界已經像是夢境了，妳在裡頭還能作夢，以年輕女孩來說真是本性不移。』

空魚說了些讓紅髮少女聽不太懂的話。

『艾陸可，那些全都是妳自己喔。』

「都是我？」

『把妳靈魂搗碎的那些臭傢伙啊，並沒有多大的能耐和技術。下的工夫半生不熟。完成的碎片大小不一，就算碎了仍彼此留有聯繫。

妳夢到的那些妖精是從妳靈魂的一部分變成的。要形容的話，我想想……就類似以前剪掉的頭髮。

因為妳死得不澈底，那些靈魂碎片大概也無法安分地保持死亡狀態吧。於是呢，透過曾是同一個靈魂的緣分，妳才會用作夢的形式接收到那些孩子的生平。』

「所以說，那些夢都是在這個結界世界外的真實事件嘍？」

『就是那樣。』

「那些孩子有的在惡作劇之後遭到討伐，有的吵吵鬧鬧地讓別人覺得害怕，都是真實發生過的事情？」

『是那樣沒錯。』

是喔——艾陸可沉默下來。

坦白講，感覺有點好玩。當時艾陸可本身留駐於〈最初之獸〉所創造出的這個結界世界，對不諳世事的她來說，已經是夠有趣的地方。不過，妖精們在天上活得像蜉蝣般稍縱即逝的一生，也為艾陸可帶來了截然不同的刺激。

做為可以體驗趣味小品故事的娛樂，她享受著自己的夢……那些從自己身上分出去的碎片所度過的一生。

之後，時間經過。

在這個源自〈最初之獸〉的世界，光陰的流逝不具意義。天天過的都是「稀鬆平常的日子」。原本的常識是太陽每次升起西沉，明天就會變成今天，今天就會變成昨天，這裡卻只有永遠不變的今天。

如此環境下，唯有艾陸可的夢逐漸在變化。

受到飄上天的〈深潛的第六獸（Timere）〉襲擊，有幾座懸浮島沉了。有幾具妖精靠著讓魔力失控（Venenom）將其擊退了。有些人發現了那一點。他們想到可以抓那些以往在森林裡只會惹麻煩的妖精，好用來當成保護懸浮島的武器。

「我覺得，最近的夢不太有趣。」

正因為妖精們會用全副心力，豁出自身的一切來追求快樂，她們的夢才會有意思。可是，艾陸可現在卻幾乎夢不到那樣的妖精了。她能夢見的，僅剩那些為了讓別人存活而逐步殘害自己，活像是道具的妖精背影。

之後，又一段時間經過。

每到夜晚，艾陸可仍會鑑賞妖精們的生平。她看著妖精們學會語言，領到聖劍，變得有如士兵，卻依舊被當成兵器對待的模樣。

此時，在妖精當中也開始出現一些擁有確切的自我，並且希望活下去的妖精了。偏偏不知道為什麼，艾陸可都夢不見那種妖精剛出生的模樣，非要等她們成長到一定程度才能讓夢境與故事連結。

照**紅湖**的說法，那似乎表示：「同一塊碎片在反覆轉世的過程中，逐漸接近於獨立的存在，和妳的聯繫或許就變薄了。」

這就代表遲早會變得完全看不見外頭的故事嗎？感覺像是娛樂受剝奪，令人有點不開心的消息。

之後，又一小段時間經過。

艾陸可夢見了一名妖精。

那個妖精有著色澤如晴朗藍天的頭髮，還有色澤如平靜海面的眼睛。

她具備強大潛力。而且，其用途也被規劃好了。她要帶著那把名為瑟尼歐里斯的聖劍，跟特大號的〈第六獸〉鬥到兩敗俱亡。生而為此，死而為此，簡潔結束的故事情節已經安排完成。

啊，又來了。

光看完開頭，就令人心情黯淡。這孩子也跟之前的妖精們一樣。艾陸可明白，這孩子將不懂何謂快樂，也不冀求幸福，度過一輩子只為拋棄短暫性命的生涯。

那死心的想法並沒有錯。畢竟再這樣下去，她確實會照預料而活，也會照預料而死才對。

轉機有三。

臨時興起想在陌生城鎮走一遭就好的小小念頭。

一隻將寶貝胸針搶了就溜的貓。

還有——當她從高處摔落時，既帥又矬地差點被她用屁股壓扁的一名黑髮青年。

『有……有沒有受傷？你還活著嗎？內臟有沒有被壓扁……啊！』

他們倆跑遍街頭。而後道別。而後重逢。

『——那麼，我們的管理員，以後請多指教。』

她拿捏不了彼此的距離。而後認同。而後發現自己的心意。

『……假如，我要你吻我呢？』

她抗拒他。埋怨他顛覆了她殉死的覺悟。

但她仍抬起臉龐，想面對希望。

艾陸可不禁對那個故事，對身由己出的少女的過活方式看得入迷。

艾陸可覺得，那個少女好像掌握了某種她不知道的寶貴事物。

她有最愛的人。為了那個人，她放棄自己的幸福。縱使明白會失去自我，她仍毫不猶豫地前往戰鬥。

……啊，對了。她就像黎拉。

以往曾來弒殺艾陸可・霍克斯登的那名人類正規勇者。自己與她接觸以後，對她的存在方式感到憧憬，期盼著能變得像她一樣而死去。

那稚氣的心願確實實現了。之前那些妖精都不顧自身幸福，陸續捨棄了自我。諸如最愛的人或自身幸福，或許是艾陸可自己對那些要素也不甚理解的關係，之前全被省略了。

最近的夢不太有趣？

別鬧了。那都是艾陸可自己所求的。她想接觸外面的世界。她想跟黎拉一樣揮舞厲害的劍，也想犧牲自我。一直以來，她只是消耗著如字面所述的無數生命，不停在滿足如此幼稚的欲求。

如今，這個藍髮少女……珂朵莉·諾塔·瑟尼歐里斯卻跳脫了那樣的鬧劇。她懷著自己的心願，站到了艾陸可自己以前期盼的那一端。

她有最愛的人，而且她不隱藏那樣的心意。

她希望那個人幸福，也覺得自己找到了幸福。

儘管害怕，儘管痛苦，她仍勇於面對或許會失去自我的戰鬥。

夢裡的艾陸可，依然是居住在星船遺跡的年幼孩子。因此她對自己的所作所為既不理解，也不曾有任何感受。

然而離開夢境，在結界世界中醒來以後，就不是那麼回事了。

多麼糟糕的鬧劇。她想吐。讚光教會是正確的。艾陸可・霍克斯登是惡劣至極的邪神。這種傢伙被打倒是合情合理的。

『其實妳不用介意喔。』

紅湖輕鬆地這麼說。

『因為喪命的或誕生的，全是妳自己。從頭到尾，都只是規模較為宏大的自娛。妳又沒有給人添麻煩，何止如此，天上那些島還受到妳的力量保護吧，妳在做好事不是嗎？』

不對。不是那樣的。

或許**珂朵莉**是**艾陸可**，但**艾陸可**並不是**珂朵莉**。或許妖精們目前仍屬於艾陸可的一部分，即使如此，她們全都是不同的人格。各自懷有心願而活著。

艾陸可自己並沒有像她們那樣，為了某種事物拚命。她什麼也沒做。她能做的，只是憧憬著勇於拚命的某個人，從遠遠的地方遙望而已。

時間經過。

珂朵莉在戰鬥中逐漸壞掉。艾陸可茫然地目睹她那模樣。

這場夢，應該是可以體驗趣味小品故事的娛樂。應該可以在和平的結界世界中享受得不到的刺激，如此而已。可是。

『我有件事要拜託妳。這肯定是我最後的心願。』

我曉得。

『我沒辦法清楚想起來，但是，我應該有個想幫助的人。而且，我還有想傳達給他的想法。』

那我也曉得喔。

因為，雖然我不是妳，但妳就是我。

因為，我一直以來，都看著**珂朵莉**思慕**威廉**的模樣。

『我全都明白。就是明白，才會拜託妳。』

對啊。我就知道妳會那麼說。

希望妳打消念頭。希望妳再活下去。希望妳的故事能持續久一點。這些話，夢裡年幼的艾陸可說不出口。

因此，艾陸可只告訴對方：加油。

她送上那樣一句話，從背後推了對方。

儘管夢裡的艾陸可一滴眼淚都不曾流下。

即使如此，她仍沒有轉開目光，她還是看著藍髮少女和黑髮青年的故事，直到最後的結局。

2. 曾為奈芙蓮之獸

戳戳。

感覺有某種又小又柔軟的東西在戳著臉頰。

奈芙蓮希望對方讓自己多睡一會兒。雖然不清楚理由，但是她非常疲倦。

『欸，醒一醒。』

戳戳戳戳。

奈芙蓮不予理會，戳臉攻擊就加速了。軟嫩的臉頰晃來晃去。雖然不會痛，卻很煩人。

她翻了身，想趕走那個東西。

嘩啦，微微的水聲。

『欸，妳差不多該醒醒了。』

囉嗦，走開啦。剛才……沒說過就是了，反正我很累。我想多睡一會兒，我想一直睡。

『一直睡在這種地方，妳會感冒喔。』

……啊，對喔。

聽對方一說，奈芙蓮才察覺這地方似乎會冷。全身都有被冷水沾濕的感覺。不太舒服。她想要柔軟的毛毯，還有溫暖的枕頭。

奈芙蓮一邊懶洋洋地這麼想著，一邊緩緩地睜開眼——

破壞破壞破壞破壞破壞破壞破壞破壞破壞破壞破壞破壞破壞破壞奪回

「——呀啊！」

破壞的衝動忽然排山倒海地湧現，意識差點全部被奪走。奈芙蓮急忙閉上雙眼。衝動的擾攘慢慢消退。

剛才那是什麼？

毫無理由的衝動情緒這會兒被有所理由的恐懼取而代之，逐漸占滿奈芙蓮的心。自己體內有自己不認識的某種東西。不，那樣形容不太對。自己的內在正轉變為自己不認識的某種東西。她實際體會到那樣的感覺。

『哎，哎呀……妳身上似乎出了不得了的狀況呢。』

奈芙蓮聽見身分不明的某人發出傻眼似的嘀咕。

聽起來……像是有些混濁的中年女性嗓音。至少，那並不是任何熟人的聲音。

「……是誰？」

『之後再說。總之，妳先睜開右眼就好。』

「可是——」

『不要緊。妳先相信我。』

連對方是誰都不曉得，要相信也無從信起。然而，至少從那聲音感受不到類似敵意的情緒，總不能永遠都這樣閉著雙眼發抖也是事實。

走一步算一步了，如此認命的奈芙蓮戰戰兢兢地試著照辦。

視野逐漸開闊。

眼前有條朱紅色的魚，飄在半空。

「…………呃。」

『妳沒事吧，看得見嗎？』

「我的眼睛壞了。魚看起來好像在飛。」

『那樣正常喔。來，妳有看見我這身迷人的鱗片吧？』

對方一邊說，一邊當場翻轉身體。朱銀色鱗片閃閃發亮，透出溼潤般的光澤。那確實正如本人……不，確實如本魚所說，看起來實在既夢幻又迷人。

至於剛才那股意味不明的衝動……雖然還不能說完全消退了，卻比剛才安分得多。煩歸煩，但是並沒有大問題。

這裡是什麼地方呢？

奈芙蓮環顧周遭。四周都被懸崖似的土牆包圍著。朝底下看，就發現淺淺地積著清澈的水，自己則落於剛好有半截身子泡在當中的處境。

抬頭看去——遠在高處的頂部有道大開口，從中露出了藍天。

「難道說，我是從那裡掉下來的？」

『似乎沒錯呢。』

奈芙蓮打了個哆嗦。

「好冷。」

『所以我才說，妳睡在這裡會感冒吧……哎，雖然妳這輩子大概都用不著操心了。』

奇妙的魚說出奇妙的話。

「什麼意思？」

『這個嘛……之後再談，來找從上面離開的路吧。一直待在這種地方似乎會變得憂鬱，再說我個人也想念真正的太陽。』

那倒是。

『這一帶好像原本就到處都是洞，地基很脆弱。會開這個大洞也是起因於此。只要把每條岔路試一遍，遲早可以從上頭離開才對。』

「唔～……」

用力閉著左眼的奈芙蓮催發魔力。

她讓背後長出灰色發亮的幻翼。

沒問題，魔力反倒比平時運作得更順暢。她的身體輕輕地飄起。

『……欸，等等。既然妳會飛就先講嘛。』

「我先走一步。」

奈芙蓮展翅朝地表而去。

自己為什麼還活著呢？奈芙蓮思索。

經過「車前草」船上的那一戰，自己身負致命傷墜落到地表了。在通往死亡的倒數計時中，自身意識還跟威廉一起被關進奇怪的結界世界。然後，他們摧毀了那個結界世界逃到外面來。逃離之際，奈芙蓮更衝進差點將威廉吞沒的黑色奇怪物體當中，將一半左右的黑納入自己體內。

……嗯。無論怎麼想，全套過程應該都足以讓尋常妖精死上三四遍。而且奈芙蓮．盧可．印薩尼亞本身，並不具珂朵莉那樣出眾的性能，說起來就是個尋常妖精才對。

即使重新低頭審視自己的身體——穿著的軍裝已經完全破破爛爛不留原形——卻看不見半點算得上傷口的傷。

完好到實在無法用傷勢痊癒來解釋的異樣姿態。異想天開地解讀成意識轉移到另一具準備好的新身體上頭，感覺還比較能接受。

風在刮著。

只看開闊的藍天，無異於從懸浮大陸群（Regulu Ere）仰望的天空。

環顧四周，整片灰色無邊無際。

『……什麼都沒有呢。』

魚輕靈地飄在奈芙蓮身邊，困擾似的嘀咕。

奈芙蓮不理會對方，只想找出自己尋覓的那個人的身影。可是，她未能如願。

「威廉不在。」

照理說，威廉應該始終跟她在一起。闖進那個幻覺世界時，還有摧毀那裡時，奈芙蓮都在他的臂彎之中。假設只有奈芙蓮受了某種衝擊而被震飛，她也不認為彼此的距離會有多遠。

『我也感受不到自己同伴的氣息喔。明明她的身子根本還無法活動，真不曉得晃到哪裡去了呢。』

奈芙蓮轉頭，重新看向這條奇妙的魚。

好大。要把奈芙蓮整個人吞下去……似乎還小了一點，然而身體要是讓對方纏住，說不定就會被輕易勒死。

魚這種東西一般是棲息在水裡的。儘管奈芙蓮曾在書中讀過，有「空魚」這種游於天空而非水中的生物，但那些幾乎都是藏在死角的成群小魚。書上並未寫到有體型這麼大的空魚物種。更遑論會說人話。

「——所以，妳是誰？」

『唔～也對喔，差不多該是自我介紹的時間了。

我名為紅湖伯（Carmine Lake），如妳所見，是司掌風雨恩澤的地神。』

「……嗯～？」

地神。奈芙蓮以前讀的書籍中，有關於祂們的記述。

以往侍奉星神的從屬之神，據說祂們實地創造了這個世界，可說是直接的造物主。簡言之，就是非凡的存在。

「哦。」

即使對方突然如此自稱。

即使對方用了「如妳所見」這樣的說詞。

奈芙蓮眼前所見的，只是條會講話的奇怪空魚，就算看得出確實並不普通，卻也沒有什麼神聖的感覺。

「是這樣喔。」

『就是這樣啊。』

當著含糊應聲的奈芙蓮眼前，空魚開心地扭動起舞。

『啊，妳別誤會嘍！我並不是從以前就這副模樣。以前我可是具備超迷人優美又壯麗的物質體喔！』

無所謂。

『我大約在五百年前失去了物質體。之後就只能用寄居在他人心靈的形式維持自我，變成可憐的幻想體了。』

幻想體。奈芙蓮不太懂這個字眼，但可以體會到語感。

「……換句話說，這不是實體？」

『對呀。只有妳看得見，也只有妳能聽見我的聲音。怎麼樣，有沒有實際體會到被神選上的獨特感？』

「……一點也不。」

在身邊根本沒有其他人的狀況下，這種毫無珍貴感的特權有什麼意義？

「然後呢。妳這位神明為什麼會跟著我？」

『是啊，問得對！那才是重點！』

空魚突然拉高音調，還活蹦亂跳地到處擺動尾鰭。好煩人。

『我原本有另外一個孩子當宿主喔。之前，我跟她一直都被困在結界世界當中。』

結界世界。愛爾梅莉亞成為〈嘆月的最初之獸〉以後，將過去位於大地的寇馬各市所有居民納入其中構築而成的……永恆的沙盒。

『然而，你們不是毀了那個結界世界嗎？當時造成的衝擊，害我被甩出小宿主的心靈，還跟她失散了。』

「咦……？」

『當我慌亂地想著：這樣下去會消失的～就在附近發現妳了。好耶，這也是星神的旨意～因此我立刻就過來叨擾了。哎，雖然真正的星神並不是那麼貼心的孩子。』

請等一下。

那個世界是監牢。還是足以一次囚禁大量人族(Emnetwint)的特製品。所以這條自稱地神的空魚被關在當中，也不是什麼奇怪的事情。可是——

「妳從什麼時候開始待在裡面的？」

『從很久以前喔。』

「如果是在失去肉體之後，意識從結界獲得解放後應該會無法復生。」

『是啊。所以我才會面臨危機。』

「我指的不是那一點。呃，妳之前有另外的宿主吧，那個人不要緊嗎？」

『哎呀，妳在替素昧平生的孩子擔心？真是溫柔呢。』

奈芙蓮覺得問題不在那裡。

『還是說，妳發現自己跟那孩子並非毫無關係了？』

問題也不在那——咦，什麼？

奈芙蓮有些訝異，霎時間，左眼就不小心稍微睜開了一點。

破壞破壞破壞破壞破壞破壞破壞破壞破壞破——————

「啊……唔……」

奈芙蓮立刻閉上眼睛。即使如此，太陽穴一瞬間像是被特大號榔頭敲中的劇痛，仍留在她的腦袋裡。

她蜷縮在沙地上，忍耐著痛楚。

『妳姑且要小心喔。沒弄好，妳的自我就會被竊據喔。』

「……這是……怎麼回事……？」

『妳的體內，大概有〈嘆月的最初之獸〉的魂魄體流進去了。不曉得是不是正好就像我進去那樣……因為〈獸〉並沒有自我，它們只是由純粹的慾望及衝動聚集而成。』

純粹的慾望，以及衝動。

原來如此，確實有那種感覺。

「我也會像那些人族一樣……變成〈獸〉嗎？」

『啊～……大概不會啦，我想。雖然嚴格來講並不算物質體，但妳的身子原本就是屬於妳的東西。』

「原本？」

『那好像在反覆轉世的過程中變得跟人類近似無比，可是也沒有變成人類。即使內心會受到攪亂，身子大概也不會被它們搶回去，我想。』

……這番話不太好懂。

†

稍走一會兒，就發現了奇妙的形跡。

那是野營留下的痕跡。被堆成環狀的石頭，當中有疑似柴火燃燒完的灰燼，此外，旁邊還有半已埋在沙子裡的幾個木箱與白鐵罐。

『沒教養的觀光客，大地又不是垃圾場。』

紅湖伯悠哉地嚷嚷著什麼。自己應該不用一一奉陪她的玩笑話才對，奈芙蓮開始學到這一點了。

這應該是打撈者來過的痕跡。他們降落到地表進行挖掘，結果尋得的寶物意外豐碩，只好將飛空艇所屯的部分物資廢棄掉再走，八成就這麼回事。

奈芙蓮試著就近挖出一只白鐵罐。

尺寸大得足以用單邊胳臂來捧。裡頭是空的。潦草寫在罐側的文字差點被沙子磨掉，但勉強看得出是「Ｌ７種標準軍糧─Ｍ」。

「軍糧……」

一瞬間，奈芙蓮認為是「車前草」留下的痕跡。然而她立刻改了念頭，那不可能。那艘船離開後，〈最初之獸〉就出現在這裡了。面對那頭〈獸〉能讓萬物變回沙塵的力量，這區區的白鐵罐不可能保得住原形。

有人在這裡野營，應該是威廉刺殺〈最初之獸〉，讓那個結界世界消失後的事。

「原來，我在地底下睡了那麼久嗎？」

『差不多十天吧。』

紅湖伯隨口講出了驚人的數字。

「……可是我肚子不餓耶。」

『那當然嘍，畢竟妳接納了〈獸〉這種永恆的存在。只是身子沒被竊據，影響還是有的。』

她又隨口講出了驚人之事。

『照我看嘛……現在的妳，有一小部分變成〈獸〉了。不老，不死，不壞，不衰。這樣想，會不會比較好理解？』

好理解。

雖然好理解，奈芙蓮卻不想理解那種事。

「那就是所謂的永生？」

『某方面而言是的。因為並非不滅，要毀滅妳還是有幾種手段。』

「是嗎。」

難道說，這是某種諷刺？

奈芙蓮對死有所覺悟，心裡也已經接受了，實際上她有好幾次離死亡只差一步，回神以後，狀況卻變得與那些覺悟正好相反。

「……我失去歸宿了。」

無論是不是只變一小部分，〈獸〉就是〈獸〉才對。她要回懸浮大陸群，應該不會被容許。

事到如今，奈芙蓮才覺得在妖精倉庫過的那些平淡日子，回想起來似乎好遙遠。

『妳沒事吧？』

「嗯。」

這句應聲讓人聽不出是肯定或否定——奈芙蓮自己也不太能分辨——接著，她從被沙子掩埋的其中一個木箱裡，翻出了紅色的大塊布料。

奈芙蓮把布料圍在身上，用來代替已經破破爛爛的軍裝。

†

——她們在沙上走了好幾天。

奈芙蓮與〈獸〉相近的身軀既不會疲勞，也不會消耗。只要她想走，要走多久都行。

然而，奈芙蓮沒有那種意願。

她每走幾小時就會停下來，找合適的岩石地帶休息。

假如到了晚上便躺平，閉上眼睛。幸好這副身軀還沒有忘記睡眠的習慣。即使不會疲勞，她還是睡得著。也可以作夢。

儘管這些回憶遲早肯定會全部消失在灰色的沙子裡。此時此刻，她還是可以回憶快樂的過去，為心房取暖。

有一次，奈芙蓮遇上了〈獸〉群。

在平緩的沙丘上，有近十隻〈穿鑿的第二獸〉(Aurora)豎直像繩索的身體，還將全身長的針平貼於身體，用全身曬著太陽光。

即使奈芙蓮靠近，它們也沒有反應。

輕輕用手戳，它們也只是嫌煩似的稍微扭身，始終沒有發動攻擊。

——莫非，它們把自己當成同族？

無比接近於不死的〈獸〉並不需要進食。因此也不會互相捕食。它們一心為摧毀所有非屬於〈獸〉的所有生命而到處作亂，可是，在除了〈獸〉以外別無他物的地方，反而乖巧得讓人跌破眼鏡。

或者，也許這才是〈獸〉的真正面貌。它們就是執意追求這樣的平穩與安寧，才會用全力排除來搗亂的異物……也許它們所求的真的不過如此，在身邊沒有異物時，反而只會像這樣安靜地度過時光。

奈芙蓮抓了相對小隻的〈穿鑿的第二獸〉，然後試著輕輕地捧在懷裡。〈獸〉百般不願似的扭身抵抗，卻沒有把針豎起來刺她。

『傷腦筋了呢。』

紅湖伯嘀咕的聲音。

儘管彼此個性合不來，在這片空無一物的地表沙原上，她仍是寶貴的講話對象。奈芙蓮姑且把臉轉向那邊，催她說下去。

『艾陸可的氣息好遠。而且從角度來判斷，她是在天上。』

「……妳說的，是之前妳認作宿主的女孩子？」

『對對對。』

「在天上，表示人在懸浮大陸群？」

『說不定呢……』

紅湖伯一邊在奈芙蓮身邊飛舞，一邊打轉折騰。

『奈芙蓮，妳能不能飛到那裡？』

「……要試的話或許可以。」

正常來想，那是辦不到的事。距離和高度都不是血肉之軀的妖精能用翅膀企及的。但此刻的奈芙蓮並非正常的存在。靠這副不會疲倦及消耗的身軀，要不眠不休地飛上幾天都可以。

可是，她感到猶豫。

自己現在偏與〈獸〉變得接近，要是靠近懸浮大陸群將代表什麼？奈芙蓮當然再明白不過。她們這些黃金妖精（Leprechaun）就是為了保護懸浮大陸群不被〈獸〉威脅才存在的。

奈芙蓮試著想像。張開幻翼的艾瑟雅或菈恩托露可將遺跡兵器（Dagr Weapon）的劍尖朝著身為〈獸〉的奈芙蓮直指而來的模樣。

「……我不想飛。」

『拜託妳通融好嗎？』

「不要。妳想去就自己去。」

『我有辦法早就去了啦！誰教我附在妳身上！』

紅湖伯扭來扭去地起舞。

『哎喲，好不容易離開那個麻煩的幻覺結界了，為什麼事情會變得這麼麻煩！黑燭公（Ebon Candle）和翠釘侯都在哪裡玩耍啊？趕快來接我啦！』

——威廉在哪裡呢？

奈芙蓮對嚷嚷著的自稱地神不予理會，並開始思索。

她不認識那個叫艾陸可的陌生人，但威廉肯定就在這塊大地上的某個地方才對。

當然，奈芙蓮並沒有樂觀到認為威廉能平安地保持原貌。威廉和她不一樣，是純正的人族。被〈嘆月的最初之獸〉注入那種叫魂魄體的黑色東西以後，沒理由平安地保住自我。不難想像他的身心應該都會被〈獸〉竊據而變成完全不同的模樣。

不過，就算那樣。

——愛爾梅莉亞說過，要我好好關照他。

奈芙蓮想到威廉的身邊。

假如他變成〈獸〉了，她希望陪伴那頭〈獸〉。

在這塊灰色大地上，奈芙蓮對未來的期許，頂多如此。

3. 不期而歸

有壞傢伙在。

強大的傢伙把他收拾了。

邪惡從世上消失，大家都變得幸福了。

有如此開頭的故事，應該無妨吧。

有如此結尾的故事，應該無妨吧。

只不過，憾就憾在他們的故事並非如此。既沒有象徵萬惡淵源的巨頭，也沒有得以痛快打擊邪惡的強大力量。

因此，他們的故事起自有些奇怪之處。

而且，他們的故事應該會沿著他們本身在黑暗中徘徊的足跡，結束於他們本身的著落之處。

†

懸浮大陸群，十一號懸浮島上空。

有艘飛空艇正躲在雷雲後航行。

外觀為民用的地表調查艇。

整艘船說不出的破舊。一再施以地表降落用保護措施（Wessel Bouldering）的防塵板染成了深具韻味的斑點模樣；迴旋翼左右規格不一；幾道舷窗的玻璃有裂痕而導致窗板始終緊閉著。船身用油漆草草地畫了黑貓的側臉，以及「巴特冒險公司」的字樣。

不過，若有具備知識的人就近觀察，應該曾覺得這樣的外觀不對勁。

儘管髒得嚇人，防塵板本身卻毫無損傷形同新品；裝了湊合用的零件卻能穩定航行；舷窗後頭露出的窗板堅固到跟船身不搭調；更重要的是，轟隆作響的運作聲明顯來自大型咒燃爐——那實在不是民用小型艇配得上的貨色。

換句話說，這並非外觀所示的民用飛空艇。

這艘船的正式名稱為「明日捕捉者七號」。

它隸屬於大本營設在十三號懸浮島的艾爾畢斯國防空軍，是不折不扣的軍用飛空艇。

操縱室。

蛙面族（Frogger）士兵轉動圓滾滾的斗大眼睛，確認牆上那些計側儀器。從右到左，所有儀器都一直顯示著無趣又無味的穩定數值。航行順利。

照這樣下去，這艘飛空艇會在天亮前抵達十一號懸浮島的第一港灣地區。然後，他們就能把剛才降落大地**擄來**的獵物移交給國防軍的那些研究技官。

「——呃，武官。」

蛙面族轉了脖子回頭說：

「我們還是趁現在把船上載的那些東西扔掉，好不好？雖然會違反軍令，但我覺得這樣下去未免太危險了。」

「哼。你的膽小病發作啦？」

狼徵族（Lycanthropos）武官嘲諷似的揚起嘴角，露出獠牙。

「不是那樣的。只不過……我覺得有點詭異。尤其是裝在第二和第三貨艙的那些傢伙。我從沒聽過有那種長相的〈獸〉耶。」

蛙面族打了個哆嗦。

「誰曉得它們會帶來什麼亂七八糟的災禍。」

「沒什麼好怕。我們只要相信副團長跟他出的策略就行了。」

副團長。

一提到其名號，蛙面族的目光就微微游移。

「呃，其實我對那一位並沒有抱持懷疑。」

「基本上，堅稱那些傢伙不好惹的，都是護翼軍的人。他們就是靠對付那些『不好惹的傢伙』賺錢。既然如此，老老實實聽信那些話才愚蠢。」

「……請問這是什麼意思？」

「把敵人吹捧得比實際上更不好惹，才能撈到贊助者的錢。只要戰場都由自己人壟斷，謊話便不會被外界揭穿。簡單說就是為了做生意方便，將實際上沒有多厲害的對手誆稱為強敵。」

「不，怎麼會！」

蛙面族聲音顫抖。

「真的有懸浮島被擊沉了耶！我的老家就在十五號島！」

「廢話。看起來贏得輕鬆不就沒戲唱了。偶爾放水製造犧牲者，『不好惹』的標籤會更有說服力。表演就是要這樣。」

「呃，可是——」

「還有那些降落到地表而遇害的打撈者，既然他們都是沒受過多少訓練的民眾，會死也只能說合情合理。像我跟你是見識過真正戰場的軍人，沒道理對那種東西過度恐懼。」

「唔……」

「基本上，就算那些東西真的有危險，透過我國的結界技術，目前它們都變得毫無能耐了。在這個時間點就已經可以證明，什麼不可侵不可觸的天災都是空口說白話。」

蛙面族沉默下來。

狼徵族用鼻子微微哼聲。

「我很清楚，你是在擔心懸浮大陸群的未來。我們正要把不該帶的東西，帶到十一號懸浮島這座有眾多人口居住的島上——我也明白你對此於心不安。不過，你得把事情想得單純點。」

「你是說……單純？」

「我們的未來，就該由我們親手贏取……這是軍團長所說的話。」

狼徵族隨口又問：

「他的金言有哪裡錯了嗎？」

「咦，沒……沒有。」

「沒錯，他說得對。那就是真理，也是正義。既然如此，護翼軍壟斷了與〈獸〉之間的戰場，就絕無真理或正義可言。」

「那麼——」

「要貫徹正確的理念，有時也非得付出犧牲。那就是眼睛想避也避不開的現實。然而正因為如此，我們更要懷著勇氣貫徹這條路才行。那就是隸屬艾爾畢斯國防軍應負的責任及榮譽。」

「是……」

是那樣嗎？蛙面族歪頭思索。

總覺得有哪裡錯了。可是卻不曉得錯在哪裡。什麼都沒錯就代表是正確的，所以自己內心會遲疑只是可恥的怯懦念頭嗎？

「我……我明白了，請忘掉我先前呈報的意見。」

「就這樣辦。看來你點燃了心裡的勇氣，那便是萬幸。」

狼徵族狀似滿意地用力點頭。

——該飛空艇的第一到第四貨艙。

那些艙房各自像要塞。

用鋼板層層交疊的牆上，薄薄地塗了施以咒術處理的銀。地板則有五顏六色的木片、礦石及骨片鑲嵌，描繪出三道同心圓。它們分別象徵著太陽、大地、生命，也就是構成世界的要素……每一道圓都畫出了一個世界的縮圖。

這是簡易而強大的多重結界。

追根究柢，所謂結界術就是用牆來區隔世界本身，以及創造維持該面牆的技術。結界一旦完成，其內側就會變成與外頭不同的世界。此時，內側世界的規範會與外側世界有落差。然後，根據落差的生成方式，兩邊世界將變得無法互相往來。

如此創造的世界之牆，縱有再大的膂力也打不破。好比畫在畫布上的狼沒辦法咬死畫家，這道結界裡的物體也無法對外頭造成任何傷害。

有東西蜷縮在那道結界的中心一帶。

它有著黑髮無徵種青年的樣貌。

「……唔……」

它發出了慘叫般的低沉聲音。

大概是發現自己遭受囚禁了吧。而且，它應該也明白自己無法輕易逃離那塊地方。它將身體縮成小小一團，在封閉的小小世界裡忍受著苦悶。

船身大幅搖晃。

——突如其來的重重衝擊。

「怎麼啦，難不成有偽龍浮石飄在航道上？」

狼徵族皺眉。

「不，只是塊小型懸浮岩。傷腦筋，它混在雷雲裡面，我沒注意到。」

蛙面族的語氣與字面上相反，並不緊張。

他只動了動斗大的眼睛確認儀器狀況。

「哎，不成大問題。這好歹也是軍用艇，沒有脆弱到碰上那麼點衝擊就沉船。烤漆大概稍微剝落了吧，之後或許會被維修班臭罵就是了。」

「是嗎，那就有點悶嘍。想討好那些人，普通份量的酒可不夠。請他們喝的酒要報帳，又得看會計的臉色。」

「請你設法度過那一關……嗯？」

蛙面族用手指輕觸其中一項儀器。隨時偵測船內各處傾斜度的顯示數值有些許落差。

「怎麼了？」

「哎呀……這樣看來，船身的框體大概稍微變形了。感覺在民間修理會非常花錢。我們是軍隊倒沒有關係。」

「不，等等，還是有關係吧。必須請維修班喝的酒變多了。」

「這個嘛，就請你多擔待——」

蛙面族抬頭。

「——你剛才有沒有聽見什麼？」

「唔，為何這麼說？」

「總覺得，外頭好像有『砰』的一聲。」

他轉眼瞥去的方向有一道門。在門後頭，穿過通路以後，再過去就是第二貨艙。

「不是你的心理作用嗎？」

「唔～會嗎？」

蛙面族的研判是正確的。

事實上，之前讓船身搖晃的衝擊只是來自與小型懸浮岩的擦撞。既非受到躲在雷雲裡的敵艇砲擊，亦無諜報員混進來從事破壞工作，更不是貨艙中的「行李」在作怪。

對於損傷狀況的判斷，他同樣沒出錯。衝擊造成龍骨微微扭曲，使得整艘船的構造有些許變形。所有損傷就這樣。這點小事當然不會對航行構成問題。假如是民用艇，即使因為不想破費而擱著不修也沒什麼好奇怪，損傷程度不過如此。

到這裡為止的判斷都是正確的。

然而，他對自己船艙裡所施的結界術並沒有詳盡認識。

憑艾爾畢斯國防軍目前的技術，如此小規模的結界術無論怎麼施都不會穩定。設在他們後頭的結界有一半是出於實驗性質，並不保證能承受實際的運用。「在現有的世界裡創造新世界」這種蠻橫之舉，都是靠不容任何一點亂子的精密結界陣才能維持。

資料理應讀過。知識理應具備。然而，他並沒有理解。

基本上，即使對此有所理解，結局應該也不會有任何改變就是了。

忽然間，軍用飛空艇「明日捕捉者七號」的後半截大約有三分之一，名副其實地消滅了。原本的船身瞬間崩解成灰色沙粒，流落在猛烈的雷雨中，直接溶化消失了。

重量失衡的船身嚴重前傾。

原本完好的部位也跟著劈啪作響，開始被本身的重量扯裂。

有一具扭曲毀壞的迴旋翼從根部斷開，飛走了。咒燃爐生產的壓力無處可去，爆炸性火焰噴湧而出。

慘叫及怒號都不過一瞬。

很快的，那些都被雨勢逐漸掩去。

隨後，「明日捕捉者七號」墜落了。

†

「——看，有流星。」

位於十一號懸浮島西南部的大都市，科里拿第爾契市。

雖是暴風雨的夜晚，仍有幾個人仰望理應被厚厚雲層覆蓋的天空。於是，他們看見了。

不輸風雨，熊熊燃燒著的巨大火球。

「許願許願，呃——」

若是真正的流星，就不可能看見它在烏雲外發光。可是沒有人注意到那些。它比平時的流星更亮，出現得更久，眾人覺得不對勁的部分頂多如此。

當中有個睡不著而從床鋪仰望著天空的貓徵族（Ayrantrobos）少年，急忙迅速許下了如此的願望。

「希望懸浮大陸群永遠和平。」

†

轟然巨響與爆炸的氣浪。

樹木被颳倒，土與岩石慘遭掀起。

大量黑煙湧上後，逐漸被陰雨的天空吸收。

即使雨下不停，燃燒的火焰仍絲毫不減其勢。

「唔……啊……」

離飛空艇起火後的殘骸不遠處，有個青年——長成青年樣貌的東西墜落在地上。

它正在痛苦。

不單是因為從高處摔落造成的衝擊。從自身體內冒出的強烈破壞衝動變得像火一樣熱，折磨著它的身軀。

「……到……邊緣……」

它伸出顫抖的手臂，並且拖著身體往前進。

它明白，自己不能待在這裡。不管理性如何抗拒，也無法永遠抵抗來自本能的吶喊。

它想讓這片天空的一切，讓這些不自然的侵略者土地變回沙粒。

在此當下，它感覺到宛如苦悶吶喊的那份願望，仍慢慢地侵蝕著心靈。所以，早一秒也好，非得盡快將這副身軀從懸浮島邊緣扔到外頭才行。

它不知道自己目前的這副身軀有多頑強。從懸浮島的高度墜落到地表，也許難逃一死。不過那無所謂。自己不會再來到這片天空，那才是最重要的事。

它不知道邊緣在哪個方位。冰冷的雷雨和夜晚的黑暗包裹全身。五感也沒有任何一種能派上用場。所以它什麼也不思考，只顧往前爬。

有男性嗓音鑽過了打在背上的雨珠縫隙，傳進它的耳裡。轉眼看去，不知不覺中，有個拿著燃燒火把的高大男子站在那邊。對方背上還揹著另一個嬌小的人。

「……喂。」

破壞。

如此的衝動頓時毫無異樣地落在心坎。

右手無意識地抓住了長在旁邊的橄欖樹。啪沙，發出微微的聲響。然後在下個瞬間，拳頭毫無手感地緊握著。張開拳頭，含有雨水的一把沙子黏糊糊地從手中流落。

間隔片刻，近一半樹幹遭挖空的橄欖樹，窸窸窣窣地發出慘叫般的聲音當場倒下。

「別……過來……」

只要眼簾裡有東西，它就想要破壞。所以它用左手摀住了自己的雙眼，當成最起碼的抵抗。

「你……們快逃，有危險……！」

它朝對方剛才所在的方向喚道。

「唔啊。難道你真的是威廉？」

別說遠離，男子的聲音甚至變近了。

可以清楚聽見厚底皮靴踏在泥巴上的聲音。

「呃，我不是在懷疑喔。只不過，該說有些難以置信吧，畢竟隔了五百年，不敢輕信的感覺總比懷念來得強嘛！」

對方口氣輕鬆地和背後的另一個人發牢騷。

你們在做什麼？趕快逃。再拖就來不及了。

「別……靠近……！」

「……欸，威廉。你該不會還保有意識吧？」

有意識。可是也撐不久了。它沒有餘力如此回答。而且，它也沒有餘裕聽出對方的問題有多奇特。

「看來也就只剩一絲心智吧。受不了，你這傢伙依舊頑強得超乎常識。」

那聲音一面苦笑，一面來到它眼前。

「好啦，我知道。」

這大概是對背後另一個人說的話。

「他又不是外人。我也不想見死不救啊。不過，沒人曉得**那樣做**對他而言算不算好事。

妳也明白那樣難保不會更痛苦吧？」

對方似乎在等另一個人回答，心思都放在背後，沉默半餉。

「——哎，也是。言之有理。就照妳堅持的辦吧，任性公主。」

接著，對方又把毫無緊張感的臉轉過來。

「要感謝我喔。儘管我的力量早就枯竭了，然而不為別的，念在師徒之誼的份上，我再為你們出一次力。」

有手掌溫柔地抵在青年額前。

「要我跟〈獸〉打交道，這是第一次也是最後一次。事有特例。唯有你，我會親自給予安息。」

……它不懂這番話的意思。

然而。有一點，它總算察覺了。

自己認得這副嗓音的主人。

很久以前，在某個地方過從甚密的嗓音。自己在人生中的某個時期，曾一度懷著憧憬仰望這副嗓音的主人才對。或許以某方面而言，應該到現在仍憧憬不已。

絕不能變成那樣的大人。一直以來，它應該都不停地如此提醒自己，藉此重新確認內心的那份憧憬。

「**於無明之夜仰望月亮。**」

宛如吟誦古詩，那句話有著奇妙的抑揚頓挫。

配合那種抑揚頓挫，可以感受到有股異樣感從接觸額頭的手掌滲透進來。

它直覺認為狀況有異。它更判斷這樣或許有危險。身體卻動不了。

「**暗夜的軟泥包覆眼眸。**」

對方靜靜地，命令似的說出那句話。

瞬間。像是拉下沉重帷幕，青年的意識頓時中斷了。

4. 戰鬥告終

時間緩緩流逝。

路旁的草兒加深綠意，樹木競相開花，吹過的風感覺變得溫暖了些。

在這段期間，妖精倉庫的居民多了兩名。

一名生於二十六號懸浮島的森林裡，另一名生於四十號的湖畔，都是由護翼軍的搜索機關撿來妖精倉庫的。以往年紀最小的阿爾蜜塔等人有了晚輩全樂歪了，還被緹亞忒叮嚀：「當了姊姊就要懂事喔。」

另一方面——實屬慶幸的是——熟面孔沒少。

後來〈深潛的第六獸〉一次也沒有發動襲擊。因為如此，既沒有人前往戰場，也沒有人在那裡喪命。

珂朵莉、奈芙蓮、威廉。

諷刺的是，自從那天失去了無可取代的三個人以後，妖精倉庫始終處於他們所冀望的安穩當中。

「預知依舊未提及戰事。」

在通訊晶石另一端，冷淡的爬蟲族(Reptrace)壯漢如此開口。

「未來若有〈第六獸〉發動襲擊，銀瞳必能預知。安養期間雖短，不過戰士們仍有休兵的日子。」

「……是嗎。」

呼——妮戈蘭放心吐氣。

雖然說一向如此，但是和護翼軍——「灰岩皮」一等武官做定期通訊總會讓她緊張。並不是對方有什麼毛病，癥結終究在話題。討論將妖精倉庫的寶貝孩子們派上戰場，實在不是能用平常心辦到的事情。

不過，正因為如此，聽到短期內不會有任何狀況的消息，她十分欣慰。

只有這時，妮戈蘭才會坦然地感謝銀眼族(Prima)號稱完美無缺的戰術預知。既然預知表示不會有戰事，就連突如其來的戰鬥都不可能發生。這種安詳的時光肯定可以再持續一陣子。

「太好了。」

妮戈蘭吐露了這麼一句真心話。

「這次的和平滿久的呢。明明前些時候一個月就要出擊兩三次……現在卻風平浪靜地過了好幾個月。」

「唔。」

不知道那是在附和，或者另有他意。爬蟲族發出讓人聽不太懂的聲音以後便沉默了。

妮戈蘭顧不了那麼多，又喜孜孜地繼續說：

「優蒂亞她們都過得很好喔。啊，就是上個月新來倉庫的孩子們。入夜以後她們似乎就不敢待在只有小孩的地方，每天晚上都是由我陪著睡的。說到她們的睡臉啊，簡直可愛得讓人想從腦袋瓜一口咬下去耶！」

「是嗎……」

嘀咕似的答話聲莫名消沉。

差不多連妮戈蘭也發現狀況有些古怪了。

「怎麼了嗎？」

「呃……說來有些難以啟齒。」

「灰岩皮」欲言又止。真難得。

「啊，該不會是那件事吧？由於〈嘆月的最初之獸〉不見了，記得軍方曾火速出動調查隊對不對，莫非找到什麼了嗎？」

「非也。調查隊傳來的報告，都被比我更高層的人士攔截了。」

「咦？」

「灰岩皮」是一等武官。妮戈蘭並不清楚護翼軍的結構，但她明白一等武官的地位相當高。軍方有情報瞞著「灰岩皮」，可見狀況不太尋常。

這表示調查隊在地表發現了什麼東西。而且相關情報的影響力之大，讓軍方連一等武官都非得隱瞞。

妮戈蘭有興趣了，然而，看來目前談的重點並不在那裡。

「是關於預知戰事這一點。」

「嗯。」

「我說的並非這一兩天。從今以後，都沒有預測到任何〈第六獸〉會來。」

聽不出所以然。妮戈蘭微微偏頭。

「至少幾年內不會有。或者永遠都不會。目前的安穩將持續如此之久。」

「至少幾年內……或永遠……」

對方在說什麼？她用腦子反覆細思那些話。

「是真的嗎！」

妮戈蘭滿心歡喜地直接湊向前確認。

就算永遠這樣過是奢望，假如有好幾年都不用讓少女們戰鬥，那仍是天大的好消息。

她不希望再有辛酸難過的回憶，也不希望別人有。

「哇啊。哇，哇哇，哇哇哇。」

妮戈蘭怪叫。她停不住。

她把輕握的拳頭交錯在胸口，拚命壓抑想在房間裡蹦蹦跳跳的衝動。

「……接收到這項消息，吾等武官之上，眾將官之間的意見產生了分歧。」

「灰岩皮」的語氣沒有改變。

從他的話以及表情，連一絲喜悅都感受不到。

「我不得不說，目前的風向極為惡劣。」

「咦，什麼，你說什麼風向？」

「應該將妖精倉庫解散的意見，已經出現了，」

妮戈蘭愣愣地張口。

「怎麼回事？」

「戰士要活得像戰士，必須有戰場。失去作戰之地也失去敵人的戰士，就無法再聚集人民的崇敬與捐獻。」

語氣平淡……

至少在妮戈蘭聽來，大蜥蜴是如此相告的。

「風一旦停下，任何旗幟都不會飄揚。」

「你那是……什麼話嘛……」

爬蟲族的話依舊難懂。不過，彼此也實在是老交情了，妮戈蘭正確地聽出了話中的意涵。她聽出來了。

護翼軍和奧爾蘭多商會都絕非團結一致的組織。當中也有許多成員，對目前這套將黃金妖精搭配遺跡兵器當成決戰王牌來運用的戰法感到不快。

這也怪不得他們。

動用人族留下的力量；由無徵種名副其實地擔起整座懸浮大陸群的浮沉；被迫依賴

對構造及原理一無所知的力量；把生者的命運交給區區死靈；純粹厭惡長成孩童模樣的怪物；收購遺跡兵器所需的龐大費用……

嫌棄的理由要多少都有。具備各色價值觀的人，都依據各自的價值觀，對黃金妖精的存在表示反感。

即使如此，她們之所以仍坐在決戰王牌的寶座上，全是因為有其必要。唯有靠她們作戰及犧牲，懸浮大陸群才能存續。

然而，那樣的前提一旦瓦解，事情就大有不同了。

既然〈第六獸〉不會來襲，反對者應該就不會再保持沉默。將各自懷有的反感，套上各自準備的大道理之後，那些人應該就會對妖精們開刀。

「灰岩皮」提到的正是這回事。

以不穩定性為首，黃金妖精這項「兵器」有許多令人詬病之處。因此趁〈第六獸〉威脅已去的這個機會，護翼軍當中已經出現了要將她們放手的聲音。倘若如此──

「萬一變成那樣……那些孩子，會有什麼下場？該不會就這樣放她們自由……」

妮戈蘭自己也明白，不可能有那種事。

她們的存在，原本就像穿上衣服走動的點火炸彈。

不對，要她們穿衣服的不是別人，正是妮戈蘭，因此這座妖精倉庫要是沒了，她們就會形同點燃後連衣服都沒穿的炸彈……先不管這些細枝末節，總之軍方不可能在無法掌控妖精的情況下，任她們自由自在。

「──有幾支都市軍表示，他們想磨尖自身的牙來對付〈獸〉。」

「灰岩皮」道出的真相毫不留情。

「他們從以前就主張，與〈獸〉交戰一事全交由護翼軍及黃金妖精包辦會有所不安。對那些人來說，這是貫徹己見的大好機會。」

「那麼，意思是其他軍隊也要求保有黃金妖精嘍。不像過去那樣，採取將找到的妖精全部集中在護翼軍的形式？」

「對。護翼軍當中，贊同其意見的人也不少。」

啊，原來如此。

光是失去用於對付〈第六獸〉的決戰王牌這個頭銜，黃金妖精們的立場就成了「強大且不穩定的炸彈」。那種難以運用的玩意兒，有人不樂於維持是當然的。

而且，有人敢接手也毫無不可思議之處。光是握有強大力量，就能讓自己安心，也能讓周遭不安。懸浮大陸群並不團結。貴翼帝國、艾爾畢斯集商國、榆木茶郡、北森邦……想用軍事力量向周圍島嶼示威以取得政治性壓力的島或都市，絕不在少數。

不過，那就表示——

「別開玩笑。我怎麼可能把這裡的寶貝孩子交給外人。」

當然託管妖精的地方未必環境惡劣。新制揭曉後，或許有意外不錯的生活等著她們。

但即使如此，對於那些孩子，不可能有人投注比妮戈蘭更多的愛。在這塊地方生活的時間、流過的眼淚，讓她有自信如此斷言。

她不希望別人從自己身邊帶走那些孩子。

「此事尚未定案。別急著下結論。」

「不過，將來十分有可能吧？」

「別心急。連我在內，也有許多人持反對意見——」

「灰岩皮」斬釘截鐵地告訴妮戈蘭，然而，之後他又補上多餘的一句。

「——但是，妳得先做好覺悟。」

妮戈蘭忽然想起學生時期的事情。

記得那是在講解史學時的事。被甲族(Armado)史學教授用難以聽懂的模糊嗓音告訴學生們。

他說鬥爭為自然天意，亦為所有生命的宿命。和平有違自然，**正因如此**才彌足珍貴。有違自然，表示光是坐著也無法獲得。要壓抑本能，憑理性不停追求，為此付出努力及犧牲方能求得。正因為要如此方能求得，和平才顯得迷人而耀眼。教授這麼說——

原來如此。當時妮戈蘭曾這麼想。

因為不存在於自然界，需要人們自己花工夫建設，才有其寶貴之處。若要這樣說，任何事都能套用相同的道理才對。沒道理只有和平例外。可以信服。

之後，教授在當天課程結束時，像是想起來似的補充了一句話。

——不自然的事物，到底有勉強之處。假如要勉強維持，當然會喪失更多的東西。

——或許你們會覺得莫名其妙。和平這玩意兒，遠比戰爭狀態更消耗資源。消耗在不容易發現的地方。那就是自古以來，任何人都希望和平卻又維持不了多久的最大理由。

「……為什麼會變成那樣嘛……」

結束通訊後，妮戈蘭立刻趴到桌上。

房裡就她一個人。因為沒別人在，她把臉埋進袖子，抽抽噎噎地哭了起來。

「既然不必作戰了，那不就好了嗎？既然可以和平過日子了，那不就好了嗎？為什麼事情不能像那樣單純地結束……」

假如這是勸善懲惡的創作故事。既然壞蛋被打倒，世上變好了，故事便到此結束。交代一句「大家都變得幸福快樂」就可以落幕，不會描寫到往後的世界。

現實這玩意兒，比那種創作故事的世界來得複雜些。

故事結束後，時間仍會流逝。理應掌握到的幸福也會褪色或消散。沒有任何一項東西能用美麗的姿態善終。

「……笨威廉……」

淚水變成了對於某人不在這裡的牢騷。

「我不是說過，一個人懷著這樣的心情會難受嗎……我們倆不是約定好，以後要一起分擔的嗎……？」

妮戈蘭自知，發這種牢騷不像樣。可是誰管他。

房間裡就只有她一個人。反正聽見牢騷會困擾的人，還有她想發牢騷的當事人，根本都不在這裡。

5. 面對過去

最近，妮戈蘭的樣子有點奇怪。

她會在窗邊發呆；會露出一副想哭的表情；會嘗試捧著頭打滾；會晃到後山把熊獵回來。

呃，光舉這些例子，感覺似乎跟平常沒兩樣就是了。

然而，該怎麼說明好呢？乍見下一如往常的她，看起來就是有哪裡不對勁。雖然用言語不好形容，總之就那樣。

哎，事到如今，暫且不管那些了。

本人菈恩托露可·伊茲莉·希斯特里亞，目前懷著一個問題。

菈恩托露可烤了磅蛋糕。

磨碎咖啡豆摻進麵糊，再用果實蒸餾酒（白蘭地）添增風味。靠著炒過的堅果類也保住口感了。製作甜點原本就是菈恩托露可的興趣之一。過去在不用訓練的日子，她為了轉換心情，經常也會借用廚房的角落做點心。有段時期更沉迷於追求口味，她自認手藝還不錯。

那樣的她，覺得自己這次烤得實在漂亮。堪稱自信之作。

菈恩托露可拚了命地收斂一鬆懈就會傻笑出來的臉孔。

她期待聽見讚不絕口的聲音，就把切好的蛋糕用盤子端到那些小不點面前。然後……

——她看見了像是用同一個模子刻出來的尷尬臉孔。

「感覺有什麼地方不太對。」緹亞忒如此嘀咕。

「有種裝格調的味道。」潘麗寶一針見血。

「會苦耶！」臉上沾著屑屑的可蓉直接挑明了說。

整體而言，不叫座。

「……我疏忽了。」

失敗的理由，她立刻就理解了。自己想吃的味道，跟小不點們想吃的味道不同。她忘了把那簡單的道理算進去。如此而已。

只要有考慮吃的人的想法，就不可能犯下這種初階過頭的失誤。菈恩托露可覺得她似乎目睹到自己的器量之小，當場蹲了下來。

「啊，不過不過，我覺得非常好吃！這是大人的口味！」

菈琪旭猛然從椅子上起來，急急忙忙地幫忙打圓場。

懂得在小地方表示關心，真是乖孩子。好想把她摟住。

然而，此時此刻，那樣的溫柔令人有點難受。

菈恩托露可參與了玩球的遊戲。

現在流行的似乎是她不曉得的玩法，因此要先從規則學起。團體賽。朝彼此的球門進球。全隊拿下一定分數，或者所有隊員都得分過就算贏。原來如此。

「這是威廉教我們的玩法，他說可以訓練團體作戰。」

菈恩托露可對這情報有點惱火，但她沒有顯露在臉上。她討厭被人認為自己連這種事都要跟那個二等技官計較，所以硬是忍住。相對地，她決定贏得這場比賽來出一口鳥氣。

她想得太美了。

菈恩托露可是成體妖精兵，在單純的體能方面遠勝於幼體。她當然不會幼稚到動用真本事，更以為沒有巧妙放水就會搞砸整場比賽。

她被迫動用真本事了。

而且，還慘敗給那些小不點。

理由簡單明快。「所有隊員都得分就算贏」這項勝利條件聽來合情合理，卻無法獨力達成。再者，想讓隊友順利得分，並不是光靠力氣大或腳程快就能辦到的事。無論如何都需要團隊默契、助攻能力、縱觀戰場的眼光，諸如此類的綜合能力。於是乎，在綜合能力這方面，菈恩托露可敵不過任何一個小不點。

「有能力得分的人要保留體力到後半場，這是鐵則。因為她們可以牽制對手。」

「幫助隊友成為前鋒，比前鋒本身更重要。」

「要靠氣勢，還有毅力！」

眾人陸續對殘兵敗將拋出讓人分不太清楚是打圓場還是建議的話。菈恩托露可當場蹲了下來。

「不……不要緊，妳馬上就會進步的！」

照慣例，菈琪旭一邊在胸前擺出微微的奮鬥架勢，一邊幫忙打氣。真是好孩子。

而她那樣的溫柔，到底還是稍微刺痛了這條正在嘔氣的落水狗的心。

「妳在搞什麼啊？」

艾瑟雅從遊戲室的窗口探頭，然後沒好氣地問。

「就是啊……我在搞些什麼呢……？」

菈恩托露可靠在旁邊牆壁，聲音疲倦地回話。

她好歹也有身為年長者的自尊。在這個名為妖精倉庫的地方長大，身為活得比小朋友們久的前輩，她總不能輸給忽然從其他地方冒出來的男人。

菈恩托露可就帶著那套論點，挑戰不在這裡的某人……

然後像這樣輸得落花流水。

「你那麼在意技官嗎？跟已經不在的人的幻影對抗，也不會有勝算喔。」

「不是那樣的。」

菈恩托露可不禁別開臉龐。

「呀哈。」

「……怎麼，我有說什麼逗趣的話嗎？」

「哎～聽了有點懷念。技官剛來這裡的時候，珂朵莉也說過類似的話喔。」

那算什麼請等一下再怎樣我都不能當成沒聽見我對那個技官絕對沒有抱持像珂朵莉那

樣的感情倒不如說正好相反就算碰巧有類似的反應也不用硬扯到一塊。

「是嗎。」

菈恩托露可忍住想吼出來的真心話，只靜靜地回了一句。

娜芙德開心玩球的聲音乘著和風傳來。欸，不賴嘛，唔哇~居然踢出去了！

從聽得見的範圍判斷，娜芙德似乎已經順利熟悉那套原創球技，和小不點們比得旗鼓相當。換句話說，無關年長或年幼，跟不上那種比賽的只有菈恩托露可一個。

她心裡滿是無奈的挫敗感，背靠著牆壁直往下滑，臀部受牽引似的當場落在地上。

菈恩托露可設法將嘆息吞回去。

「……這麼說來，艾瑟雅，妳最近不是待在讀書室呢。」

她換了話題。

前陣子，艾瑟雅．麥傑．瓦爾卡利斯都一直窩在讀書室及資料室，專注於查些什麼。感覺頂多只有在用餐、入浴和睡覺時間，才會在那兩個房間以外的地方見到她的身影。

「妳想知道的事情，已經查完了嗎？」

「沒有，與其說是查完了，應該算正好相反。」

艾瑟雅將交抱的雙臂擱在窗框，再將自己的下巴擺上去，用力地吐出一大口氣。

「我深刻體會到，在這裡能查的東西有限。」

「假如是可以跟研究我們或遺跡兵器搭上關係的資料，只要拜託妮戈蘭，就能向商會索取到喔。妳要找的那方面資料不能如法炮製嗎？」

妖精倉庫在名義上兼為黃金妖精與遺跡兵器的研究設施。因此只要是專門書籍，就算相關性略嫌可疑，會計課多少仍願意解囊。

過去菈恩托露可小有涉獵的古代文字——地表人族所用語言——的研究書籍，原本也是妖精倉庫裡頭號愛讀雜書的奈芙蓮迷過一陣子的典籍。

「哎，題材是沒問題啦。所以嘍，要是能夠索取到，我早就毫不遲疑地那樣做了。」

艾瑟雅噘起嘴唇。

「還不就因為在目前大陸群上，那似乎是只保存了五本的珍貴古書。那種貨色別說用錢買不到，連要看裡面內容都必須獲得允許。」

「那就……無可奈何了呢。」

「沒錯。無可奈何啦～」

她們倆同時發出有些沉重的嘆息。

黃金妖精是兵器，想擅自離開妖精倉庫到外面走動是不被允許的。何況要獲准閱覽那麼貴重的書籍，她們的社會信用更是不夠。

「果然不像呢。」

「妳在說什麼啊？」

「我指的是我們與珂朵莉。換成她，只用『無可奈何』這句話大概是攔不住的。」

「啊～也對喔。」

珂朵莉・諾塔・瑟尼歐里斯。她確實就是那樣的女生。

她並不是腦袋差得無法理解何謂不可能。她在理性面還是可以理解接納道理。可是，她在揉合理性及情緒這方面卻笨拙得要命。兩者越兜越遠，到最後其中一方就會狠狠甩開另一方，還會忽然冒出古怪的舉動。

菈恩托露可認為那實在不是精明的處世法。不過，她偶爾也會覺得，那樣似乎可以過得滿開心。自己肯定一輩子也學不來那種開心方式。

（……哎，話說回來，反正我也不太想學她。）

菈恩托露可裝成沒發現內心的刺痛感，並且茫然地想著這些。

「所以呢，話說妳都在查些什麼？」

「咦，妳有興趣？」

「這個嘛，哎。」

菈恩托露可當然想知道。

只不過，之前總是沒機會問。因為在失去好友以後，從艾瑟雅忍著淚水默默窩在資料室的背影，可以感受到某種難以靠近的氣息。

「我可以問嗎？」

「沒什麼好隱瞞的啊。我單純想知道我們到底是什麼東西，就這麼回事。」

「……有哲學味呢。」

「呃，不是那個意思啦。我講的比較現實一點，是物理性質上的問題。技官有提過，黃金妖精從以前就存在了，可是好像跟現在的我們是不一樣的東西。」

「不一樣？」

「以前的妖精似乎更小，而且什麼都不會思考。」

菈恩托露可不自覺地看向操場。又小又好像什麼都不會思考的妖精們渾身沾滿泥巴，快快樂樂地到處奔跑著。此外，娜芙德也毫不突兀地混在那裡面打轉。

「呃，跟那些孩子也不一樣。」

艾瑟雅連忙揮手。

「據說以前妖精是可以站在人族手掌上的尺寸喔。因為她們原屬於死靈的一種，只是死者的靈魂碎片誤打誤撞地變成物質後的自然現象，所以幾乎只能化成類似幻影的模樣，連觸摸都有困難。」

「是喔……」

菈恩托露可明白，她們這些妖精屬於死靈的一種。

她也明白，妖精是無法理解自己死亡的靈魂在世上徘徊到最後，所產生的一種自然現象。

然後……如果以此為前提，妖精們會具有實實在在的軀體及自我，確實並不自然。像剛才艾瑟雅提到過去的妖精——而且那恐怕是以往威廉．克梅修告訴她的——是以蜃景般的姿態現身，那才合乎道理。

「靈魂化為物質，這本身似乎並不算多稀奇的現象。只不過尋常生物的靈魂尺寸單純不足，化成薄霧般的形體已經是極限了。」

「……這就奇怪了呢。」

稍微被勾起興趣的菈恩托露可插話。

「假如妖精是那樣的東西，我們的存在要怎麼解釋才好？」

「問題就在那裡嘍。我們是死靈，身上卻像這樣長著肉……雖然體態較為單薄就是了。」

為什麼妳說那句話要看著別人的身體？妳才單薄吧！我在妖精當中可是身材相對有料的喔。不對，我們不是在談這些。

「只是呢，就算透過現代的神靈研究書來看，也會查到差不多的內容。妖精屬於死靈，死靈屬於靈體，物理性質量近乎於零。以物質而言不穩定，立刻就會消失歸為虛無，據說是如此。」

「那……又能怎麼樣呢？

這座妖精倉庫堆滿了至今仍無法解析的古時遺產。就算沒有那些也一樣詭異，又不知道什麼時候會引發大爆炸，正因為如此才會被塞到偏僻的六十八號懸浮島啊。」

「話是沒錯。關於那部分，似乎有人姑且提出了假說喔。雖然是這座倉庫不知道幾任以前的管理員所寫的草稿。」

幾任以前。菈恩托露可心想：難道會是她認識的某個人？

試著追溯記憶以後，她立刻作罷。基本上，被派來當管理員的人幾乎都沒有到這裡露臉，任期就結束了。她對那種人當然不會有印象。聽到妖精倉庫管理員、二等咒器技官這些頭銜，她只會想起一張臉。

「那套假說認為，既然尋常生物的靈魂尺寸不夠，只要將原點設想成巨靈之主就能毫無矛盾地解釋黃金妖精的存在了，這是我所讀到的。」

「什麼跟什麼啊？」

超乎想像的強辯之詞，讓菈恩托露可不禁脫口說出真心話。

「他的理論未免太牽強了吧？就算矛盾化解了，真實性也被拋到天邊去了喔。」

「我們從最初就是在談靈魂跟死靈這些話題喔。感覺現在還扯到真實性也怪怪的就是了。」

「既然要討論現實中的我們，就該把真實性視為第一優先吧！」

「話是那麼說啦。」

艾瑟雅開朗地笑了笑。

「反正我們既是死靈又是妖怪，歸結起來從大前提就稱不上現實了嘛。」

——那樣的話。

「妳要那樣說……問題就一了百了啦，不是嗎？」

「才不是一了百了喔。剛好相反。

我們的存在，終究只是年幼死者的短暫一夢。不正視這件事就什麼都枉然了。畢竟那就是我們最重要的起跑線。」

的確……或許是那樣沒錯。

「順帶一提，我的……嗯，應該說，**艾瑟雅**的前世也是黃金妖精。大約二十年前，她曾待過這裡，揮舞遺跡兵器帕捷姆，死於十八歲。」

「……什麼？」

菈恩托露可忍不住探頭看向艾瑟雅的臉。

只見她跟平時一樣，擺著那張讓人難以參透情緒的笑容。

「而剛才的假說，和我的這段記憶並不矛盾。假如黃金妖精本身就是巨大靈魂的碎片，便能滿足新的黃金妖精需要巨大靈魂當素材的條件。」

「艾瑟雅，妳……」

「啊，這件事要拜託妳對大家保密喔。以主觀而言，我算活得滿久，但我談到這件事的對象只有妳跟珂朵莉兩個人。」

艾瑟雅一如往常地賊笑。

或許，她忘了這種時候該露出別的表情……菈恩托露可忽然想到這一點。

「當然嘍，只靠這些假說，要做出我們前世全都是黃金妖精的結論就太匆促了。況且，就算同族間可以一直轉世，追溯回去還是會有某個不一樣的源頭才對。我想知道的就是那個。」

菈恩托露可回不了話。根本想不出能回答什麼。

她嚥下苦澀的口水。

「哎，既然碰到了瓶頸，這個話題就到此為止。如果二等技官在這裡，說不定會給我一些正好合用的建議。然而人不在也無可奈何。

原本我在想有沒有能幫助珂朵莉的提示，才會開始查這些。反正都來不及了，再繼續下去也沒有意義。」

呀哈哈——艾瑟雅笑出聲音。

難得的是，對於把所有情緒都藏在笑容後頭的她來說，那是張讓人看了幾乎要替她落淚的落寞笑容。

6. 緊急地表調查隊

咒燃爐及迴旋翼各自鬧哄哄地鼓譟著。

被翻攪的氣流紊亂呼嘯。

遙在地表的沙原之上，彷彿埋沒於薄紗般的雲朵間，有飛空艇滯留在空中。

投下的觀測用木箱平安抵達地表的沙灘了。即使試著用繩索吊起來確認，也發現不出任何異狀。這就表示，附近這一帶已不屬於能讓任何靠近的物體瞬間風化為沙粒的〈嘆月的最初之獸〉支配圈內了。

「也沒有移動過的痕跡……這樣看來，〈最初之獸〉突然崩解死亡的說法，未必是假消息。」

綠鬼族（Borgle）青年一邊搔著禿頭，一邊納悶地嘀咕。

「應該說，我還真希望是那樣。假如它只是神不知鬼不覺地走了，也許又會在不知不覺中回來。」

「呵呵。對於原始的不安與恐懼，知性生物會用理性與技術來克服喔。」

嘖嘖嘖——穿軍裝的紫小鬼(Gremian)一邊擺動短短的手指，一邊從鼻子哼聲。在他肩上，有著一等技官的階級章。

「在遠離這裡的八個方位，已經設置了火藥桶。那是用單純衝擊以外的手段讓外殼受損，就會立刻發出巨響的特製品。

那頭〈最初之獸〉引發的萬物風化現象，是隨時都在運作的對吧。既然如此，只要它出現就肯定會有火藥桶爆炸。聽見那聲音以後，我們再悠然離去就行了。」

「聽起來確實挺方便的，那樣固然是好啦。但碰到敵人從正下方冒出來的情況會怎樣？」

自信地挺著胸膛的紫小鬼頓時僵住了。

「……那種〈獸〉會潛入沙子中嗎？」

「呃，我不曉得啦。只是扯到那些傢伙，感覺每一隻不管搞出什麼花樣都沒啥好奇怪。尤其〈最初之獸〉的謎又特別多。」

「要……要我連那種狀況都設法因應就說不通嘍。技術這種東西，是用來對付知道具體內容的問題而存在的。」

「既然你那麼說，要當作那樣也可以啦。」

飛空艇開始緩緩地降低高度。綠鬼族重新戴好風鏡，目光落在地表廣闊的整片灰色上。

「反正並不是所有找上門的問題都會自報底細。要是遇到主導權被搶的狀況，接下來要慌的可是你啊。」

「唔……」

以心情而言，這個紫小鬼八成想回嘴。不過他在短短幾個月前，正好才因為面對狀況落於被動而出盡洋相。或許他有想起當時的情形，就乖乖閉嘴了。

「哎，所以嘍，拜託你千萬別大意。出任何狀況都叫你應付也說不過去，但至少出任何狀況都要能採取行動。」

「……我會好自為之。」

紫小鬼滿面苦澀，嘀咕似的說。

還真是懂事理，綠鬼族——葛力克．葛雷克拉可在內心佩服對方的改變。

直到前陣子，這個一等技官都屬於聽不進別人意見的類型。相較之下，現在他雖然多少有所抗拒，談到後來還是會把葛力克的話聽進去。從他願意奉命指揮這趟地表行來看，那天的經驗對他而言似乎也是一大轉機。

那一天——遭受大群〈第六獸〉襲擊的飛空艇「車前草」差點墜毀時，他們喪失了各種東西。喪失許多生命。受了許多的傷。更重要的是，見識過那些少女奮戰的模樣以後，他們失去了**名為無知的本錢**。

他們一直都是被保護的。要靠那些妖精奮戰，他們才有安穩的生活。少女們彷彿理所當然地死去，而他們彷彿理所當然地活在她們的屍骸上頭。罪惡感與無力感混合成的情緒，沉沉地累積在腹部。

一旦明白那些，就無法回到毫不知情的過去。

黃金妖精與遺跡兵器，這兩者被護翼軍當成機密的理由，他們也痛切感受到了。畢竟抱著這種心情的人，當然越少越好。

連身處被保護立場的自己都會這樣想了。一心想保護她們的威廉，那個無力的人族，不知道又是抱著何種心情……？

「……怪了。」

瞪著地表的葛力克看見幾項異狀。

「怎……怎麼啦，是〈獸〉嗎？」

「不。」

葛力克搖頭。那並非〈獸〉的形跡，倒不如說剛好相反。

在不起眼的岩塊死角，有疊成環狀的小石頭。燒焦的木片。遭棄置的眾多木箱。

「是野營的痕跡。」

在風勢強勁的這片大地，有如此明顯的痕跡留著。表示那應該不是多久以前的東西。

「似乎有人察覺〈最初之獸〉消失，就早我們一步下來了。雖然不知道是哪裡的打撈者，鼻子可真靈。」

「你說什麼？」

紫小鬼睜亮小小的眼睛，但他們的視力並不像綠鬼族那樣長於遠視。儘管他朝著地表拚命凝神觀察，卻什麼都看不見地歪了頭。

「總不會先被人搜刮了吧？」

「那倒難說。」

葛力克拿起掛在自己脖子上的望遠鏡，然後遞給對方。紫小鬼連聲道謝都沒有就把東西搶到手裡，並從窗口探出身子俯望大地。

「K96—MAL遺跡地區（Ruin）。保存狀態這麼好的人族遺跡確實很稀有，對打撈者來說是塊充滿甜頭的寶地……話雖如此。」

葛力克交抱臂膀，然後皺——因為沒有眉毛，所以只能皺額。

「光憑〈獸〉或許少了一隻的情報，是否值得這麼快就來犯險……感覺很微妙。」

「你的意思是划不來？」

「呃，問題不在那裡……」

葛力克打算否定，又回頭一想。的確，那部分也不對勁。

對打撈者來說，當他們降落到地表時就是場豪賭。光要用飛空艇橫渡籠罩大陸群的結界，開銷便相當龐大。往返的動力費用及糧食也不可小覷。假如要僱用同夥以外的勞力，還必須付風險津貼。視契約而定，有時候更得預先繳錢給專門的事務所，充作賠償受僱者遺族的慰問金以防萬一。

即使花了如此大筆的金錢降落到地表，收入當然也沒有保障。

連有什麼都不曉得，正因如此也不曉得會找到什麼——那就是地表的浪漫，同時也是地表的現實。既可能找到讓人眼花撩亂的財寶，也可能找不到半點值錢的玩意兒。以比例而言，不用說，後者占壓倒性多數。

因此包含葛力克在內，打撈者的個性整體而言都大而化之。或許會找到好東西。或許會發生好事。即使面對如此說不準的情報，他們還是會被吸引過去一探究竟。只要是打撈者，必定有這種毛病。然而——

「對方太早動身了。他們會先一步降落在這裡，表示跟你們護翼軍的監控相比，那些人更有能耐在這一帶祕密蒐集情資。」

「嗯？」紫小鬼一臉沒聽懂的表情。

「光是那樣也非常花錢。在不清楚能獲得什麼的打撈事業上，一下子就投資那樣的鉅款並不自然。」

「嗯～？」紫小鬼一副沒聽懂的語氣。

「基本上，從對方趕在〈獸〉消失後立刻來這裡就有問題了。風險高卻無任何好處。硬要說的話，頂多只有比其他打撈者捷足先登……不對，我懂了，剛好相反。為了捷足先登才會接受如此龐大的風險及開銷，換句話說，對方有划得來的把握……」

「嗯～～？」

紫小鬼的小小手掌「啪」地用力拍了綠鬼族的背。葛力克不由得向前撲倒，差點就從窗口摔下去。

「會痛耶！」

「誰教你擱下我沉浸在自己的世界。這裡不用費心，你該去準備了。」

「……準備？」

「還用說，就是降落的準備。一直待在這裡看也沒用。我們就是為了降落在大地，才會再度飛到這裡。」

——啊。那番話完全沒錯，言之有理。

K96—MAL遺跡地區。以往有眾多人族居住，如今應該都沉眠著的場所。他們來這裡有事要忙。

「哎呀，在那之前得先確認才行。怎麼樣，顧問，我們可以降落嗎？」

「嗯……行……行啊。這個嘛。目前並沒有明顯可見的危險。」

「我了解了——轉告機關長，關閉二號及八號控制翼，準備降落。輔助咒燃爐暫時停機，但是要預備隨時都能再次啟動！」

紫小鬼朝傳聲管大吼，矮小的背影從狹窄通路匆匆離去。

被他規規矩矩地徵求建議，感覺也怪不舒坦。葛力克吞下內心的想法，沒有說出來，然後便將目光轉向地平線附近。

「……啥？」

可以看見紅色的點。

葛力克揉眼。他一頭霧水。

他把望遠鏡湊到眼前。這次連細處都能看清楚。

那個點，是身上裹著大塊紅布的嬌小少女。

「…………啥？」

葛力克歪頭。

他將望遠鏡挪開眼前，到處檢查有沒有故障，接著又重新確認少女走在地平線上的身影，接著——

「————是……是灰色的小姑娘！」

無法分辨是尖叫或痛快，他如此大吼了出來。

「人人本著希望之名」
-bright days, blighted maze-

1. 祕密會議

『感覺狀況不對勁呢。』

彷彿置身事外的奇妙嘀咕聲傳來。

對奈芙蓮來說，基本上這陣聲音的主人才是「狀況不對勁」的頭號象徵。

「…………」

她將目光稍微往上抬，就發現長著朱銀色鱗片的空魚——看似如此的某種生物，正悠然地游於半空。

只要仔細觀察，立刻能看出其身軀為半透明，可想而知應屬於幻象或幽體之類的玩意兒。問題在於，那條分不出是幻象或幽體的魚小姐為什麼會在這種地方？又為什麼會悠悠哉哉地講話？

『我呀，可不太能悠閒喔。我得趕快把事情告訴黑燭公，然後動身找那走失的孩子才行。』

「嗯，贊成。」

不能悠閒這一點，奈芙蓮也是。

雖然奈芙蓮不認識那個叫黑什麼公的人，但她自己也得動身找走失的大人。尋找那個總是愛逞強又容易寂寞，還纖細得隨時在某個地方崩潰都不奇怪的麻煩人族——威廉・克梅修。

『——說來殘忍，不過那大概是沒希望的，我想。』

空魚輕輕地飄在艙頂。

奈芙蓮明知只有自己看得見聽得見，還是抬頭朝那裡問：

「什麼意思？」

『威廉就是那個黑頭髮，感覺有點帥的男生對吧。他已經不在了喔。畢竟我親眼看見他完全放棄當人類，變回〈獸〉的模樣了。』

對方一邊轉動魚眼睛，一邊說出這番話。

『或許他還平安，但是那跟妳認識的他已經是完全不同的東西了。妳最好先拋下不合理的期待喔。』

「那也無所謂。」

奈芙蓮搖頭。

「無論威廉變成什麼，我要做的事都不會變。就是到他身邊。」

幸好，目前的她對〈獸〉來說似乎並不是敵人。那就算威廉變成〈獸〉，她還是可以待在他身邊才對。大概。肯定不會錯。

『即使愛得再深，也不一定會發生奇蹟喔。』

空魚說了讓她不太懂的話。

為什麼現在會提到愛這種字眼？

那一類的詞，應該是像珂朵莉那種女生的專利。奈芙蓮自己並沒有積極地為了什麼而陪在他旁邊。

「……嗯，小姑娘，妳說了什麼嗎？」

坐在沙發旁邊的綠鬼族青年把頭轉了過來。

「只是自言自語。」

就當成這樣吧。

當然，自言自語並非正確的事實。紅湖伯的身影除奈芙蓮以外沒人能看見，其聲音同樣除她以外沒人能聽見。所以她們的對話聽起來必定像自言自語，如此而已。

關於這條無法視為幻覺或其他存在的神祕空魚，奈芙蓮姑且也說明過了。但是，連這段期間的單純閒聊都要說明就麻煩了。

「不用在意。」

「這樣啊。哎……我很能體會妳覺得不自在的心情。」

綠鬼族，呃，名字記得是叫葛力克，他毫不掩飾本身煩躁，用手猛搔著禿頭。

這裡是歸護翼軍所有的大型飛空艇的會客室。

壁紙畫了豪華花卉圖樣，艙頂高掛著枝狀吊燈，窗簾用的是格外厚且樣似昂貴的布料，家具也用了格外多的金色裝飾，簡而言之就是土財主品味顯露無遺的空間。坦白講待起來相當難受。

確實如葛力克所說，這不是什麼讓人覺得自在的地方。

「要在這種銅臭味十足的房間關多久才行啊？」

「讓你們久等了。」

感覺沉重的門板緩緩開啟，有個軍人走進房間。

白毛的兔徵族（Haresanthropos）。他肩上有一等武官的階級章。

「最近護翼軍立場尷尬。應付麻煩客人讓我耽擱了。」

「我不想管你們那邊的因素啦。」

葛力克不愉快地吐露。

「護翼軍並未隸屬特定的懸浮島。反過來說，不接受所有懸浮島資助就無法存續。至少在檯面上是如此。有的島就會厚臉皮地仗著那一點來堅持他們的要求。」

「我說過了，誰管那麼多。有其他更應該談的事吧，難道不是嗎？」

「嗯。」

兔徵族微微點頭。

「甚是。儘管說來嫌晚了，請讓我報上姓名。我名叫巴洛尼．馬基希，如兩位所見，我是在護翼軍的憲兵科擔任一等武官——」

「夠啦，像這種時候，你是哪裡的什麼人都無所謂。」

葛力克挺身向前。

「我想知道的只有一件事。你打算把我們帶去什麼地方？」

「我不記得有交代要連你也留下來。我們需要的只有具遺跡兵器適性的妖精奈芙蓮．盧可．印薩尼亞一員。」

唔。被叫到名字的奈芙蓮微微地動了眉毛。

她既沒有帶著印薩尼亞，身上還混了莫名其妙的東西。她並沒有信心當自己是奈芙蓮．盧可．印薩尼亞。該怎麼說好呢？一想到還有人願意用那個名字稱呼自己，她覺得有點開心。

「少囉嗦，別跟我扯那些亂七八糟的，趕快放你口中的一員走啦！」

樣似昂貴的桌子被葛力克「砰」地猛捶。

「我告訴你，這孩子是那傢伙無論如何都想送回家的女孩！為了讓她回家，那傢伙連命都豁出去了！她家裡還有一大票的家人在等著！你為什麼不懂那樣的人之常情！」

他好像有著滿腔的激動。

真是個好人，奈芙蓮心想。雖然對方是鬼族。

奈芙蓮可以感受到，他把只是拋棄式兵器（而且已用過）的自己當成一名孩童，認真地在關心。

只不過，那樣的關心有些失準。妖精倉庫確實類似一家人，不過有人沒回去是日常生活中理所當然的一部分。根本沒有人會等她……不，說起來不至於沒有就是了。趕著回去應該沒有多大的意義。

當然，奈芙蓮並沒有出聲提到這些。

她一邊想著這種事，一邊露出如同往常的發呆臉孔。

「——葛力克・葛雷克拉可。」

巴洛尼・馬基希無奈而傻眼似的搖頭。

「我查過了你的底細。過去你似乎曾寄身於護翼軍。雖然半年左右就退役了，不過你後來便靠著當時的人脈及資產做起打撈者的事業。」

葛力克「嘖」地咂嘴。

「聽說你很有能力。真是可惜。」

「那是過去的事，我已經忘記了。」

「即使如此，你穿過軍服仍是事實吧。那就別裝成不明事理的模樣了。把事情複雜化，只會更拖時間。」

「我就是迎合不了那種作風才會辭職。」

臉上不滿表露無遺的葛力克頭一甩，粗魯地躺到沙發靠背上。

「……等等。我也有件事想問。」

奈芙蓮舉起單手。

「結果，威廉人在哪裡，聽說對他的下落有頭緒了？」

『啊，對對對！還有艾陸可！麻煩也問問我們家孩子的下落！』

聲音似乎只有奈芙蓮聽得見的紅湖伯在她耳邊嚷嚷。

『這兒是黑燭公所打造的世界裡，對不對？氣息會擴散開來，我不太能分辨那孩子所待的地方耶。』

「……另外，據說他身邊應該還有一個小孩。」

「啊，妳問的是威廉．克梅修二等技官吧。我對小孩的部分倒不清楚……是妳之前提到的幻覺告訴妳的嗎？」

奈芙蓮點頭。

巴洛尼．馬基希感到無趣似的微微哼聲。

「我們並沒有精確掌握到他的下落。不過，頭緒確實是有了。雖然我們很早就在懷疑對方，但你們帶了具體的證據回來。」

「啥，我們？」

被投以目光的葛力克一頭霧水地眨眼。

「艾爾畢斯集商國。可有所聞？」

奈芙蓮點頭。葛力克搔著頭說：

「就那個嘛，在十三號島西半部。把某塊大石頭當神明拜的那群人成立的國家。因為入國稅亂高一把，我沒去過就是了。」

「沒有錯，就是那個國家。他們雖是由各色種族構成的多元種族國家，但藉著統一信仰獲得了國家應有的治安。因此國民自尊心強，國策作風也同樣強悍。」

「哎，對啦。然後呢，那群人怎麼了？」

「你們在地表發現的野營痕跡及軍糧罐頭，都來自他們國家的國防空軍。」

「談下來也該是那樣。所以呢，我在問那些傢伙幹了些什麼。」

「經過整體研判，艾爾畢斯國防空軍的偽裝飛空艇從地表帶了幾頭〈獸〉回來的嫌疑極為濃厚。」

——一陣沉默。

「咦？」

「啥？」

奈芙蓮和葛力克，兩人疑惑的聲音重疊了。

「抱歉。我沒聽清楚，你剛才說——」

「我是說，艾爾畢斯那些人把〈獸〉帶進懸浮大陸群了。」

——又一陣沉默。

「他們為何要那麼做？」

先回神的奈芙蓮問。

「把〈獸〉帶上來的行為完全違反大陸群憲章。他們應該也知道那是危險的東西。何況，光碰上就會有危險的東西，到底要怎麼『帶上來』呢？」

「很簡單。那些人從以前就想要『懸浮大陸群守護者』的頭銜，好用來當成和鄰近諸島交易的政治籌碼。為此，他們一直都想介入由護翼軍壟斷的〈第六獸〉討伐戰役。」

「啥？」

葛力克露出越聽越莫名其妙的臉色。

「這並非新鮮事。

護翼軍負有保護整座大陸群的使命，在大陸群的所有軍事組織當中，幾乎形同握有特權的立場。還獨自攬下與〈獸〉之間的戰鬥及相關情報，又獨占派赴戰場的**兵器**。對此感到不是滋味的大有人在。艾爾畢斯國防空軍則是當中特別躁進的一群。」

「……他們又為了什麼要自願去跟那些不好惹的鬼東西扯上關係？」

「要說明很容易。」

巴洛尼・馬基希豎起兩根指頭，並且特地一根一根地扳著解釋：

「第一點，就是因為『不好惹』才能從中獲利。第二點，基本上護翼軍幾乎獨占了所有跟〈獸〉有關的具體情資，所以能直接得知它們有多恐怖的人極為稀少。」

「不會吧。」

無知真恐怖，葛力克一臉絕望地仰望艙頂。

「從派去的諜報員那裡，有接獲他們最近研發出好幾項兵器要用來對付〈獸〉的報告。當中似乎也包含用於捕捉的新結界術。換句話說，他們現在有手段能將〈獸〉帶回來。」

巴洛尼・馬基希彎了彎其中一邊耳郭。

「當然事情要是見光，肯定會遭受違憲的非難。照目前情況還無法解釋他們為什麼不惜鋌而走險。」

「等一下。你那樣還是沒有說明清楚。關於威廉的下落呢？」

「妳可以從剛才的情報試著推理。結論應該只有一個。」

艾爾畢斯國防空軍不知道有何理由，把在地表發現的〈獸〉運到天上了。而威廉現在已經變成〈獸〉。這會代表什麼？

啊，原來如此。齒輪互相結合了。能導出的結論確實只有一個。奈芙蓮從沙發上站起。

「怎麼啦，小姑娘？」

「我要去十三號島。」

「在那之前，我們還有個地方要妳去。」

「讓開。我不要求你們送我。我自己去。」

奈芙蓮催發魔力，將翅膀展開。

「不不不，慢著慢著，還是別那樣幹比較好。」葛力克慌了。

「艾爾畢斯是很廣闊的喔。」巴洛尼・馬基希語氣冷靜。「妳要怎麼從規模堪稱國家的都市群當中，找出一座理應經過掩蔽的軍方設施？」

……比如放火燒城？

「追根究柢，我們連那些人想對帶回天上的〈獸〉做什麼都不確定。若是心急，問題要解決就會推遲。妳得認清目前是這樣的時期。」

「這麼說來……嗯。」

奈芙蓮收起翅膀，重新坐回沙發上。

「查明二等技官的下落以後，我們也會通知妳。所以希望妳現在先靜候時機。」

「嗯……」

「對於艾爾畢斯想做的事情，我們軍方也無法坐視。調查將全力進行，過程中應該也會得到二等技官的情報。至少會比妳一個人奔走來得有效率。」

「嗯……我明白了，謝謝。」

「用不著道謝。」

巴洛尼．馬基希轉了身，背對著兩人開口。

「目前，妳處在極為特殊的狀態下。考慮到後續事務，我只是判斷先積極討好妳會有足夠的好處——那我差不多該失陪了。」

鞋底輕輕發出「噠」的蹬地聲。身為兔徵族的一等武官說到做到，身影就此消失在門後。

「……我有被討好嗎？」

『哎，妳問我，我哪會知道呢？問問妳自己的心吧。』

「唔～」

奈芙蓮歪頭。

†

奈芙蓮閉上眼睛，靜下心，然後問自己。

請用「是」或「不是」來回答。

妳想毀滅懸浮大陸群嗎？

她想了一會兒，答案是「不是」。

沒事的。自己沒事的。並沒有出現讓人改選「是」的任何變化。

的確，她感覺得到，心裡有種不具內涵及方向性的焦躁感持續在翻攪。然而，那並不屬於能將自我吞沒的情緒。

肯定是因為黃金妖精只是偽裝成人族，而非人族本身。即使近似人類的奈芙蓮體內，盤踞著能夠讓人族轉換成〈獸〉……或者變同〈獸〉的衝動，也不足以改變她的本質。

不過，換作是威廉，就沒有那麼便宜了。

威廉是貨真價實的人族，以他的情況來說，內心應該已經被注入與目前奈芙蓮含量相同的衝動。

——他肯定無法像她這樣承受住才對。

『畢竟我親眼看見他完全放棄當人類，變回〈獸〉的模樣了。』

奈芙蓮並沒有將紅湖伯的話信以為真。可是，她也沒辦法積極地抱持懷疑。

不管威廉變成了什麼，能到他身邊就好。這有一半出於真心，一半出於逞強。

希望那個人能再支持一下下。

畢竟他是那麼溫柔，那麼拚命。

他應該不像她們這些妖精，是一出生就注定要徒然結束生命的寂寞存在。因此。

至少，請給那位忙碌無比的準勇者，請給生為人族的他，一絲救贖。

奈芙蓮無法不這麼祈願。

可以來拯救嗎？

2. 終結的腳步聲

妖精倉庫來了稀客。

身穿筆挺西裝的豚頭族，還有應為其護衛的強壯獸人們。

「……請問幾位是什麼人？」

「失禮了。這是我們的身分。」

妮戈蘭接下遞來的名片看了一眼，然後斂起表情。

「有事我們到外面談。」

「哎呀。所以不能讓我們進去？聽說這裡的管理員目前就只有妳一個。並不用擔心隔牆有耳吧。」

「有事我們到外面談。」

妮戈蘭冷冷地再次強調以後，就把掛在玄關前的外出用大衣披到肩上。豚頭族聳了聳肩把路讓開。

「用走的到市區，幾位不介意吧？」

「只要妳有推薦的店家。」

「在這種鄉下地方可沒得選。」

妮戈蘭一臉裝腔作勢地走到前面帶路。男子們跟隨在後。

「……可疑耶！」

某棵長在妖精倉庫旁邊的樹木頂端。可蓉一邊用右手搭在眼前目送妮戈蘭她們，一邊說道。

「我第一次看到妮戈蘭擺那樣的臉色。」

只爬到一半高的潘麗寶用背靠在樹幹上嘀咕。

「對方的地位看起來，好像也沒有高到她必須低聲下氣就是了。」

「嗯。感覺不太像那樣的人。」

可蓉和潘麗寶一起歪頭。

「妳們兩個都下來啦……學姊交代過這棵樹很危險，不可以爬吧？」

在更低的位置，攀著粗樹枝的菈琪旭仰望另外兩個人，還用彷彿隨時都要哭出來的語氣開口相勸。

「既然生為女人，就要志在高處！」

可蓉用力指向天空。她的動作應該沒有多大含義。

「對我們這些妖精來說，保持敏捷性是有意義的喔。爬樹也是特訓的一環。」

潘麗寶一臉不以為意地說起歪理。

「問題不在那裡啦，被發現會挨罵啦。」

「那就討厭了。到時候就丟下菈琪旭溜掉吧。」

「嗯，交給她斷後！」

好過分喔——菈琪旭淚汪汪地笑了。就在此時。

「妳們幾個！」

從二樓窗戶傳來了娜芙德生氣的聲音。

「老早講過了，在妳們還不會害怕摔下來以前都不准爬樹吧！」

「我就說嘛。」菈琪旭哭哭啼啼。

「我是為了學習恐懼才爬的！」可蓉將錯就錯地挺胸。

「剛才妮戈蘭和幾個客人一起出門了。」潘麗寶一臉平靜地硬是轉換話題。

「……客人，來的是誰？」

「都是生面孔。她難得擺出那麼裝腔作勢的表情喔。」

「裝腔作勢的表情？」

娜芙德皺眉，然後朝房間裡回頭。

「菈恩，妳怎麼想？」

「就算把話題拋給我，沒看見她那張關鍵表情也無法置評。」

「話是沒錯啦。但妳不會想起什麼討厭的事嗎？」

「會啊。」

那是差不多在七年或八年前的事。可蓉她們應該都不記得，或者根本就不知道。然而，娜芙德和菈恩托露可都記得清清楚楚。

當時，曾經有一個惡質的豚頭族犯罪幫派。

某天晚上，他們忽然消失了。

至於具體來說發生過什麼，娜芙德和菈恩托露可都不知情。她們被教過小孩子晚上要睡覺，也沒有勇氣反抗。若依循模糊的記憶回想，印象中那似乎是個遠方獸類啼聲格外吵的夜晚。

以那一天為界，島上居民看待妮戈蘭的眼光有了一百八十度轉變。

從原本對待親愛鄰居的態度，變得像在跟獰猛的肉食野獸相處。

具體而言是發生過什麼才會變成那樣，娜芙德和菈恩托露可都不知情，到現在也不太有意願多了解。

菈恩托露可「啪」地闔上讀到一半的書，然後微微嘆氣。

「只希望歷史不會重演就好。」

市區裡，眾人熟悉的那間簡餐店。

沒有其他顧客的身影。店員照人數把點的飲料送來以後，就瑟瑟發抖地躲到櫃台後。

「我直接說重點。」

豚頭族稍稍向前挺身，露出親切笑容。

「妮戈蘭小姐，我們這趟過來是為了挖角妳。」

「……是嗎。」

妮戈蘭靜靜地答話，並且端起紅茶就口。

又苦又難喝。她忍住想吐出來的心情，把那擺回桌上。

「恕我們擅自調查妳的身家，但我吃了一驚。無論是年紀輕輕就在綜合學術院修得的資格數量，或者在學成績，妳怎麼看都是一流人才。奧爾蘭多商會卻將如此的人才浪費在這種邊境。」

「……謝謝你的賞識。」

說來也對。妮戈蘭回想。

自己原本應該走在滿有機會飛黃騰達的人生路上。

取得對成功有幫助的數種資格，在大商會就業，職位越做越高，賺了錢以後遇上好對象。

她夢想有那樣亮麗的人生，到中途為止都達成了。

在商會內部，妮戈蘭捲進了小規模的權力鬥爭。受連累的她被調到邊境擔任閒職。隨後，原本順利的人生突然變調對她造成震撼，性情似乎就比較暴躁。害當時倉庫裡的孩子們心裡留下陰影了呢……她有些懷念地想起這些往事。

「我們可不一樣。說來理所當然，但我希望給妳合乎能力的待遇。」

「謝謝。不過，為什麼要找我？」

「聰明如妳，應該料得到吧？妳將護翼軍和奧爾蘭多商會的決戰兵器，那些危險的黃金妖精馴養至今的手腕還有技術，是我們特別看重的。」

妮戈蘭用了意志力，克制住差點擅自動起來的手。

「剛才見識過那座兵舍，容我說句坦白的感想……奧爾蘭多商會到底在搞些什麼？那簡直像倒閉前夕的農場馬廄。可見他們雖將命運完全寄託在黃金妖精身上，卻完全沒有撥預算管理。」

「上頭有上頭的因素吧。」

妮戈蘭靜靜回答。

當然，妮戈蘭對那所謂的因素相當了解。但她並不打算對眼前的這些男子將詳情細細道來。

反正像他們這樣，八成早就將相關背景調查清楚了。她沒有道理特地為此費唇舌。

「是啊，正如妳所說。」

豚頭族高興地連連點頭。

「而且在那層因素下，他們很快就會放棄對黃金妖精的壟斷。由護翼軍以外的組織接手那些強大兵器的時代要到了。之後，能調教出優質黃金妖精的商會將成為時代先驅。」

他攤開雙手喜孜孜地說。

「我們艾爾畢斯集商國要取代奧爾蘭多商曾成為第一把交椅。為此，妳是不可或缺的人才，我們準備了最高規格的待遇來迎接妳。」

「感謝你如此過獎。」

妮戈蘭笑都不笑地淡然回答。

「話說我想請教一件事，假如我表示自己想辭謝這份美意，你有何打算？」

「這個嘛——我當然是以假設來作答了。」

豚頭族摸了下巴。

守在他左右的獸人們粗裡粗氣地碰響椅子起身。

「他們擅長讓女性聽從要求。只是，我個人並不喜歡那種手段。妳別做愚昧的選擇。」

「是嗎？」

妮戈蘭朝獸人們的臉瞥了一眼以後——

她露出今天到場後的首次笑容。

「對不起。我討厭肉看起來難吃的人。」

「動手。」

豚頭族頓時正色下令，其中一名獸人有了動作。他踹翻桌子，圓木般粗壯的右臂一伸，抓住了妮戈蘭的脖子。直接將她勒緊。

躲在櫃台裡面的店員高聲尖叫。

「——啊，失禮了。」

豚頭族朝店員那邊聳了聳肩。

「我們要小鬧一番。接下來或許會砸壞的桌椅之類，請容我在事後加倍賠償。」

「哎呀，真慷慨。」

「要做大事業，就會有相襯的預算。吝於付出小錢的人抓不住大錢。我們跟奧爾蘭多商會是不同……的？」

妮戈蘭臉色平靜。豚頭族終於發現那一點了。

不可能有那種事。

區區瘦弱的無徵種，不可能被獸人的膂力勒住脖子還一副平靜。呼吸受制，她應該連聲音都發不出才對——豚頭族驚訝的目光正如此高呼不解。

「訝異什麼呢。你查過我的底細，對不對，那應該也會曉得我是食人鬼（Troll）吧？」

「那……那當然，可是……」

「難不成，你是對食人鬼這樣的種族缺乏了解？無徵種普遍體格瘦弱，應該不足為懼，在你的觀念是這樣吧？」

不知道豚頭族目瞪口呆的表情，究竟代表著肯定還是否定。

「我本來以為這滿有名的就是了。我們食人鬼比其他種族要強壯一點，力氣也大一點。假如你真的有意挖角人，最好先做過這類功課喔。」

妮戈蘭嫣然一笑，然後把手湊到掐著自己脖子的獸人胳臂上。

她的指頭逐漸陷入對方鋼鐵般的肌肉中。獸人發出慘叫。

「……所以說，接下來弄壞的東西，你都會加倍賠償對不對？」

「咦，啊……嗯？」

「既然這樣，那我也就放心了。」

妮戈蘭把臉轉向在櫃台瑟瑟發抖的受僱店員。他們都清楚食人鬼是什麼樣的種族。講起話來省事方便。

「欸，之後幫我轉達店長。等到新店面完工時，務必讓我來道賀。」

豚頭族眼中浮現疑惑。他想問新店面到底是什麼意思。不過他的疑問既沒有說出口，也沒有那種必要。答案已經擺在他的眼前。

食人鬼輕揮臂膀。光憑那看起來沒花多少力氣的動作，就輕易地把其中一個獸人甩了出去，還將站在旁邊的另一名同夥撞飛。理應堅固厚實的好幾張木桌被翻倒，像糖雕或什麼似的一下子就四分五裂了。

「啥？」

另一個獸人發出凶猛的咆哮，並且朝食人鬼撲過去。他切換認知，眼前這個對手並非只會害怕的弱女子，而是窮凶惡極的怪物。單純比力氣贏不過的話，那就抓住她的臂膀，把人制伏在地板上。一旦得手以後，對方純靠力氣也扳不回頹勢才對。

「哎呀，真是熱情。」

食人鬼再次揮動臂膀。

獸人遭到輕鬆揍飛，還一頭撞破天花板。

無論是體格差異，或者對武術熟練程度的差距。原本在戰鬥場合中應該會造成莫大影響的那些要素，都起不了任何作用。

豚頭族屁滾尿流地跌坐當場。

食人鬼看到他那模樣，便溫柔又平靜，而且淒美地笑了。

哀號。尖叫。破壞聲。碎裂聲。再一次哀號。

這一天，有間簡餐店就這麼從六十八號懸浮島消失蹤影了。

†

「我接到報告了。」

隔著通訊晶石，爬蟲族的表情跟往常一樣難以辨認，不過看來他似乎是傻眼了。

「妳好像轟轟烈烈地幹了一場。」

「是那些人不好喔。」

妮戈蘭若無其實地回話。

「誰教他把我們這裡的寶貝孩子當東西看待。根本萬死不足惜。

啊……還有，他們來了好幾個大男人，想用蠻力叫女人聽話耶！仔細一想，這應該也是不太能容忍的事情。」

「妳的容忍順序很有風格。」

「灰岩皮」哼了一聲。

「不提那些了。我有幾件必須轉達給妳的事，更有不得不拜託妳的事。」

「……幹麼啦。」

妮戈蘭蹙眉。

「有話就現在說，我辦得到就會照辦啊。」

「有蟲子躲著。」

蟲。

……有人竊聽？用通訊晶石的對話被竊聽了？是誰？用什麼方式？

目前他們使用的晶石，是軍方和商會間用於重要聯繫的設備。要是那麼容易就被外人聽見，存在意義便值得懷疑。

那種事真的有可能嗎？假如有可能，手段又是什麼？從「灰岩皮」臉上看不出焦慮（大概）。這表示，遭竊聽一事本身並不急……

妮戈蘭想通了。

哦，什麼嘛，原來是這麼回事。

這條通訊迴路到底不是那麼容易就會被外人聽見。那答案就簡單了，監聽的地點非屬外人。

蟲子就在「灰岩皮」身邊。在護翼軍當中。

護翼軍並非團結一致。對於黃金妖精的待遇方式更是意見分歧。即使在同一陣營中，也會混有不是自己人的分子。

「那是可以擱著不管的問題嗎？」

「不清楚。這項判斷錯不得。正因如此，我才想拜託妳。」

「了解。」

妮戈蘭屏息。

「要用稍微難理解的說話方式也可以，你儘管說。」

想聽懂「灰岩皮」那種略嫌晦澀的遣詞，連身為老交情的她都需要費工夫。利用那一點，或許就可以瞞過竊聽者……她是這麼想才提議的。

「來科里拿第爾契一趟。」

「啥？」

在這種時候，對方卻偏偏極其精簡地把事情交代完了。

「到科里拿第爾契市……咦，你是說我，要我去？」

「沒錯。還有，把可戰鬥的成體妖精兵全帶來。」

「欸，你等一下。叫我把那些孩子也帶去，是要用什麼名目？」

「……我這裡沒有主意。由妳策劃。」

「等一下啦！」

妖精們是隸屬於軍方和奧爾蘭多商會的兵器。即使往後狀況可能有變，至少目前仍是如此。尤其成體妖精兵更是保護懸浮大陸群的重要戰力。想隨便帶她們外出走動是不被允許的。得要有某個正當理由，可以的話最好是作戰命令。

妮戈蘭是奧爾蘭多商會的成員。商會成員要是擅自帶艾瑟雅她們離開島上，將使護翼軍當中的某些分子得到抨擊妖精倉庫的材料。長遠來看，那應該會縮短倉庫的壽命才對。

「我也會在那裡等妳。」

……哦。什麼嘛。原來是這麼回事。

「灰岩皮」當然也曉得，這步棋長遠來看並不妥。在此條件下，他會把問題拋給妮戈蘭設法還要求她出面，表示「灰岩皮」明知有困難，仍判斷必須這樣做。

難道眼前狀況有這麼急迫？該不會已經沒必要做長遠的打算了？但願並非如此。

「我懂了。我會想辦法。」

即使想把事情問清楚，目前大概也不行。妮戈蘭決定等在那邊碰面以後，再細問種種隱情。

「……好不容易變得不用談作戰方面的事，卻遲遲沒有開朗的話題呢。」

切斷通訊以前，妮戈蘭小發牢騷似的這麼一說。

「只要眼前的敵人消失，任何人都會從身邊開始找下一個敵人……」

難得的是，對方同樣拋了類似牢騷的話回來。

「和平才是最恐怖的災厄，關於這點，恐怕每個人都有不自知的體認。」

†

難題落到頭上。

要把所有佩劍的成體妖精兵都帶去……這表示，對象包括——

艾瑟雅．麥傑．瓦爾卡利斯。

菈恩托露可．伊茲莉．希斯特里亞。

還有緹亞忒．席巴．伊格納雷歐……以上三員。

娜芙德雖是成體妖精，卻失去了顯現其適性的遺跡兵器狄斯佩拉提歐，因此目前並無專用佩劍。光留小朋友下來也令人擔心，拜託年長的她看家應該可以吧……雖然把思慮不太周全的她算成年長者會有些不安，這部分只好盡量睜一隻眼閉一隻眼。

如此一來，非得設法的就是名目了。

既然要帶著保護懸浮大陸群的所有戰力飛到科里拿第爾契，就算再牽強也無妨，最好要有大義名分。

「唔～……」

妮戈蘭一邊思考，一邊走在廊上。

比方說，聲稱要出門採購如何？不，這沒什麼好談的。到底是打算買什麼，才需要從六十八號橫渡天空到十一號島？假如被要求就近了事，她也無話可回。

要不然，用觀光當藉口如何？科里拿第爾契是懸浮大陸群首屈一指的古都，有許多只有那裡才見識得到的名勝。要滿足那一點實在不可能就近了事……嗯，但這種不長眼的理由根本沒希望過關。廢話。

既然如此，其他還有什麼辦法？申請和駐留在科里拿第爾契的兵力進行模擬戰呢？呃，那也要等對方受理以後才能當藉口。還是來個先斬後奏，直接找對方打模擬戰？不不不，那樣只會引發戰爭。

想不出點子。頭痛了。怎麼辦啊？

妮戈蘭一邊想這些，一邊順路到廚房沖了紅茶。或許是因為滿腦子雜念的關係，沖出來的成品味道格外酸，唉，不過還是比白天喝到的像樣許多。總之先喝到喉嚨裡讓心靜一靜吧，當她正舉杯準備把茶倒進嘴裡時——

「那……那個，請問妳現在有空嗎！」

橙色頭髮的小小妖精……菈琪旭站到了妮戈蘭身旁。

「……呃，不好意思。我現在需要思考一點事。」

「啊……好的，對不起……」

菈琪旭洩氣地垂下肩膀。

「我以後再來好了。」

「啊啊啊啊啊，等一下。對不起，我弄錯優先順序了。」

心裡湧上的罪惡感讓妮戈蘭說話速度變快。

「要是把妳們擱後頭，就本末倒置了呢……怎麼了嗎？」

「啊，好的……我可以說嗎？」

「當然嘍。這次是怎麼了，可蓉又打破玻璃了嗎？」

「不對，今天要說的不是那些，而是關於我的事情。」

「哎呀。」

妮戈蘭覺得這可新鮮了。

年幼的妖精們要不就無懈可擊，要不就無視常規，都是些在類似面向上活蹦亂跳的孩子，不過菈琪旭屬於當中少見的例外。她總會在容易脫序的其他妖精旁邊擔任剎車的角色……暫且不管是否管得住別人，她就是那樣希望的。

而菈琪旭來報告關於自己的事，似乎是從未有過的狀況。

「怎麼啦，妳打破花盆了嗎？」

「呃，不是那樣的。」

感覺有口難言的她經過一陣支吾，好像才下定決心。

「**我作了夢**。」

「…………嗯？」

一瞬間，妮戈蘭沒聽懂那是什麼意思。

「我是在剛才午睡的時候夢到的。

那是個在好黑的地方，被許多光芒包圍著的夢。那種光像書一樣，是可以從裡面讀到故事的光，那個……唔唔，我沒辦法說明清楚……」

呃，她說的是──

「該不會，是妖精之間常提到的那種『特殊的夢』？」

「啊，是的！」菈琪旭興沖沖地說：「那我可以肯定。醒來時，我立刻就明白了。剛才的夢就是大家說的那種夢。」

幼體的少女們到了某個時期，必定會作某個夢。

在理應沒去過的陌生地方，目睹理應沒看過的光景，和理應沒見過的陌生人講話。有著如此情境的夢。在夢幻無比的世界裡，卻能體會到真實無比的感觸──

接著，在醒過來的瞬間，她們會有毫無理由的把握：這個夢是特別的。自己剛才和某種寶貴的東西**有了聯繫**。

那就是幼年期的結束。代表她們已經準備好長大為成體妖精了。

「…………」

幼體作了特別的夢。

那接下來非做不可的事情是什麼？調適身體。為了成為能獨當一面的成體妖精兵，必須檢測身體數據並調整體質才可以。

「來……」

「來？」

為此，就得帶這孩子到位於科里拿第爾契的綜合施療院。

這是身為妖精倉庫管理者要負起的義務。

有義務，等於有大義名分。

「來得正好！」

妮戈蘭感激不已地摟住眼前的菈琪旭。

「呀啊！」

當然要是全力擁抱，菈琪旭的上半身與下半身難保不會分家。她輕柔而小心得像在觸碰棉花糖，同時也用了讓獵物逃不掉的力道。這是妮戈蘭過去下苦功學到的擁抱絕招。

「哎喲，菈琪旭，妳真是個貼心的孩子！最喜歡妳了！」

「咦，咦，咦？」

搞糊塗的菈琪旭兩眼發直。

3. 沒有過去的男子

感覺像從沉重黏膩的泥巴中爬起來。

起身以後，沾在皮膚上的黑色物體便緩緩淌落。可是卻絕對不會消失。那些黑色物體都積在腳邊，絕不離開。

——那就是他在清醒瞬間的感受。

「唔……」

他緩緩地睜開眼睛。

原本漆黑的世界照進了一道光芒橫線，視野逐漸擴大，最後變成貼近探頭看過來的嬌小女孩子臉孔。

「……咦？」

「啊。」

雙方目光直直地交會。

只見大大的緋色眼睛怔著眨了一下。

只見原本嚴肅的表情，緩緩地變成滿面笑容。

「威……」

威？

「**威廉**醒了！」

「……啥？」

腦袋沒辦法靈光運作。像是有來路不明的雜念在腦殼裡翻攪，連要回憶些什麼都不行。威廉是什麼意思？感覺十分耳熟，卻又好像有些不對勁。

「**尼爾斯**，過來這裡！**威廉**醒了！」

回頭一看，那個女孩當場蹦蹦跳跳，還大聲地呼喚某個人。亂長的紅髮輕飄飄地搖曳著。

「啊～我聽見啦。別喊那麼大聲，擾人清靜。」

有個憔悴的男子一邊懶散地搔著後腦杓，一邊走進房裡。

對，這是室內。重新環顧四周能發現——環境維護得十分整潔，恐怕是旅舍裡的一個房間。

連自己躺的床鋪在內，家具既不豪華也不寒酸。住一晚的價位大概二十帛玳——光是瞄一眼也知道打掃得有多乾淨，或許金額還要再高一些。

不對，那種事情在當下無所謂。

額頭裡隱隱作痛。無法整理思緒。心思都在介意無關緊要的事，沒辦法放到重要的事情上。

「嗨，威廉。」

那名男子來到威廉枕邊，露出了葫蘆裡不知賣什麼藥的賊笑，並且如此說道。

「……威廉？」

「沒錯。那是你的名字。你忘得一乾二淨了？」

威廉。威廉。原來如此。這是自己的名字。

被他一說，字音聽起來確實莫名耳熟。不過，對方非得如此提醒就表示——

「我失去記憶了嗎？」

威廉問。

於是，他立刻察覺這樣問的荒謬之處。自己有沒有失憶，應該只有他自己知道。至少這不會是拿來問別人的問題。威廉剛這麼想——

「對啦。」

對方竟然回答了。

「簡單來說，狀況是這樣的。

目前有不太妙的東西盤踞在你的記憶和人格。假如讓它一直出來作怪，你連肉體都會不保。所以本大爺親自將你的大部分記憶上蓋封藏了。雖說是湊合的急救處置，再怎樣也是出自我的手筆，沒那麼容易就解開。痛哭流涕地表示感謝吧。」

「呃，你這段說明哪裡簡單了？」

「囉嗦。起初抱著疑難雜症出現在我眼前的又是誰？」

被對方一說，威廉只好閉嘴。

「……你是說躺在這裡的我嗎？雖然我不記得了。」

「你跟這傢伙算一對寶。居然相約帶著麻煩來找我。」

男子用大大的手掌，拍了拍威廉眼前女孩子的頭。

「會痛！我會痛！」

「別在意，事到如今這樣拍也不會讓妳再死一次啦。」

他使勁亂撥女孩的頭髮。

「不可以，會痛，你住手！」

「哇哈哈哈，是嗎是嗎？」

臥於床鋪的威廉撐起上半身。

威廉以快得眼睛看不見的速度動了胳臂。先是撥開男子的手，然後又一把將女孩抱到身邊。又輕又嬌小的身體落在他的胸膛上。

「呀啊。」小小的尖叫。

她摸起來好冷，威廉心想。正常來講，這個年紀的小孩體溫一向很高就是了。

「我對狀況不清楚，但你住手吧。她不是在排斥嗎？」

「……喔。」

男子猶疑似的應聲，並且不知怎地露出慈祥眼神。彷彿對這樣的互動感到懷念。

威廉臂彎中的女孩說不出話，屏住呼吸，臉紅地眨著眼睛。她看起來並沒有特別排斥，

威廉決定暫時保持這樣。

「所以呢，照你剛才的口氣，你對這女孩也做了些什麼嗎？」

「別擺那種嚇人的臉色。至少我沒做什麼會讓她排斥的事喔。」

「你有臉說那種話，剛才你不就一直使勁拍她的頭？」

「那只是普通的肢體接觸。看了很惹人發噱吧？別那樣瞪我。」

「既然你以外的當事人笑不出來，我就信不過那套說詞。」

威廉瞪著男子。

「一點都沒變吶……」

不知道為什麼，對方感慨萬千地這麼對他說。

「哎，也罷。那傢伙是行屍。好玩的是，她屬於低階死靈的一種。」

男子用手指了指女孩。

「啥？」

「呃，她本來是不死之軀。但因為受了『屍體化』的詛咒，實質上就變成尋常的屍體了。然後呢，本領出眾的我親手幫她減輕了那道詛咒。而詛咒鬆動後產生的縫隙，被她本人碎成一半的苗條靈魂鑽了進去。肉體復甦約百分之一，靈魂約二分之一，算是小規模的復活。」

「慢著，我實在聽不懂你在說什麼。」

屍體？死靈？不死之軀？靈魂？

威廉認為對方的說詞實在讓人聽不進去（因為沒記憶，他也不敢斷然否定）。至少，那些字眼都跟自己臂彎中的這個小女孩不相襯。

「假如你懷疑，就扒開她的衣服看看。她的心臟沒有痊癒，依舊開著缺口。」

「啥？」

這傢伙到底在鬼扯什麼？威廉雖然這麼想，姑且還是照對方所說的試了一試。他用手指拉開女孩的衣襟，然後把人抓到面前，探頭從縫隙看向衣服裡面。

——用劍深深地刻在胸前的大塊傷口。

不管怎麼看都是致命傷。如果是正常生物，沒道理帶著這種傷口還能活動。

「什……」

「瞧，跟我說的一樣吧！我偶爾也會說錯話，但是絕對不會說謊。」

威廉覺得那不是什麼值得自豪的事，但是先不管了。他又把目光轉向女孩的胸口，想端詳究竟是怎麼一回事。

（嗯？）

少女身上的血液應該沒有在循環，威廉卻發現她的臉莫名其妙地變得通紅。眼眶裡還積著淚水，好似隨時都要哭出來。

等威廉察覺理由時已經晚了。

「笨蛋————！」

他的左右臉，被少女用雙手同時甩了耳光。

男子哈哈大笑。

「有什麼好笑啦？」

「這還用說，當然是你那張臉。整個紅得活像藝術品，自己照照鏡子。」

威廉心裡有數。他不想特地去照。

相對地，威廉看向那個女孩衝出去的門。

冷靜一想，他就明白剛才那是自己闖的禍。即使對方年紀那麼小……不對，或許正因為對方年紀那麼小，女孩子就有女孩樣。應該要謹慎對待。

不，就算是女孩也已經成了屍體吧？不不不，就算成了屍體，女孩依舊是女孩吧？結果屍體為什麼能夠活動？不死之軀是啥名堂？哎，混帳東西，都讓人搞糊塗了。

「……好啦，先不管那些了，來談正經事。」男子壓低音調。「你對於自己跟其他事情還記得多少？」

「記得自己多少……」

威廉試著稍微思考。

首先，既然可以像這樣跟人對話，表示他沒忘記大陸群的公用語言。對於房間裡各項物品的名稱——他看了一圈確認——也都能順利想起。

可是，威廉對自己的事就毫無頭緒了。自己待過哪裡，與什麼人關係親近，曾做了些什麼？自己偏好什麼，沒辦法容忍的又是什麼？那些情報全都沉在腦海深處，浮不上來。就算想設法回憶，也會受到潛入無底沼澤般的窒息感阻礙，行不通。

即使如此，威廉仍硬將手伸入記憶的泥沼深處。

——有人落寞地微笑著。

「唔！」

突如其來的頭痛。威廉按住額頭。

「別想了。我特地下了封印，不要浪費我花的工夫。」

男子傻眼似的說道。

「你勉強能保住自我的底線，就是現在的你。只要跨出眼前那條線，你就會萬劫不復。原本的你將消失不見。到那種地步，連我也不能替你設法。

聽好。假如你愛惜往後的人生，千萬別回想任何事。」

「……或許我還有非做不可的事啊。」

威廉緊閉雙眼一直按著額頭，頭痛就逐漸緩和了。

「死心吧。」

男子聳了聳肩。

「我講這些可不是在挖苦你喔。雖然我不知道你想做什麼，但你一想起來就會失去自我。失去自我以後，你更沒道理成就那些事。換句話說，你終究無能為力。」

說得有理。這代表除了用情緒駁斥以外，別無否定的手段。

可是，要緊的情緒卻湧不上來。沒辦法順利否定。

「…………是啊。」

不知為何，在剛才有那麼一瞬間，威廉寬心了。聽到自己不用回憶往事，不用背負過去，他有種得救的感覺。

即使頭痛消退，腦袋與胃還是挺沉重。

威廉把腦袋擱到枕頭上。

「我會聽從忠告啦。畢竟受了你照顧好像是事實，雖然我不記得。」

「哎，目前先多睡一會兒吧。等到下次醒來，你那顆亂糟糟的腦袋應該也會變得像樣點。」

睡意突然來襲。

「……好。」

威廉茫然地回話。

「對了，我有件事還沒問。」

「什麼事？」

「你跟那女孩的名字。」

「這麼說來……呃，也對。我都忘了。」

男子一邊搔頭一邊說：

「我叫尼爾斯。那個小娃兒叫艾陸可。然後你的名字是威廉。」

尼爾斯。

還有艾陸可。

「兩個名字好像都似曾相識。我們原本就認識嗎？」

「這個嘛。其實你以前稱我為師父，還對我敬重有加。」

尼爾斯帶著煩人到不行的表情對威廉擺起架子。

「呃，那實在不可能吧。」

「懷疑什麼！我可沒騙你！」

「不不不，再怎麼說都太勉強了吧。你的德行看起來不像能教人什麼啊？」

「我說的是事實！為什麼你偏要針對那點起疑心？」

「因為人品。」

「好懷念的口氣！你的記憶真的有被封印嗎？」

哎，威廉自己也覺得奇妙。

他這種態度，分明不該用來對待實質上等於初次見面的人。然而像這樣和尼爾斯拌嘴，心裡卻格外踏實。感覺好比回到久久未歸的遙遠故鄉。

「與其說是師父，你給人的感覺更像個臭老爸。」

「……唉，你真是夠了……」

尼爾斯深深嘆息後又說：

「算啦。我走了，你盡量休息。」

「謝謝你，在各方面。」

「你要謝的話，打從一開始就該乖乖道謝啦，受不了。」

威廉隔著背影，也能感受到對方在苦笑。

從尼爾斯沒有回頭這一點來看，也許他甚至在害臊。

「——啊，對了。」

尼爾斯想起來似的站在門邊補充道：

「你少用右眼。因為我的封印只對變質的心靈有效，肉體變質後就回不來了。要是你與右眼過度融合，封印會跟著鬆脫。」

「右眼？」

「你自己確認吧。鏡子在那邊。」

尼爾斯關上門。腳步聲遠去。

他最後用下巴示意的地方，有一小面手掌大小的桌鏡。

什麼跟什麼啊……威廉心裡固然覺得不滿，但就是無法不予理會。他拖著原本睡意濃厚的身體，將那塊鏡子拿到手裡，照了自己的臉。

「…………」

鏡子上頭映出了感覺亂沒英氣的黑髮青年臉龐。

值得詳述的第一點。雙頰有著小小的手掌印，又紅又腫。

第二點。右眼……只有右眼像猛獸的眼睛那樣，炯炯有神地散發著金色光芒。從左眼和頭髮一樣是黑色這點來看，右眼色澤肯定並非天生。恐怕那就是尼爾斯提到的，有某種鬼東西在威廉體內作怪的證據。

「……原來如此。」

光看到那樣的金色，不安便油然而生。這絕對不是好東西。如此篤定的威廉閉上右眼。

接著他鑽進床鋪的毛毯裡，把剩下的左眼也靜靜閉上了。

†

「你找尼爾斯先生啊，他一早就走了。」

隔天早上，旅舍老闆——罕見的無徵種男子——這樣告訴威廉。

「啥？」

「他似乎要出一趟遠門，不確定能不能回來，還叫你往後要保重過日子——這是他交代的。」

「不，慢著。我什麼都沒聽說耶。」

「畢竟他是一想到就會動身去旅行的人啊。照他那種口氣，也許遲早會想到要回來，至於是什麼時候就難說了。」

「不不不不不，這不對吧？」

哪有人這樣浪跡天涯的。

站在被幫忙的立場或許不能這麼說，但好歹考慮一下留在這兒的人吧。威廉既不記得過去，手上也沒有什麼資產。把一個連東南西北分不清楚的人放著就走，簡直違背常情。至少換成他就不敢這麼做。

據說自己以前還叫對方師父。威廉還是覺得不可能有那種事。他完全無法想像自己會敬那種隨隨便便的男人為師。

「啊，跟你一道來的人似乎也醒了。」

說誰啊？疑惑的威廉回頭，那個紅髮女孩——艾陸可就從走廊轉角露臉了。

「她算跟我一道？」

「尼爾斯先生是這麼說的就是了。」

原來如此。他對旅舍是那樣說明的啊？背著當事人。

威廉一邊對恩人感到心煩，一邊招了招手。艾陸可露出有些遲疑的舉動，不過立刻就現身用碎步趕了過來。

「早……早安。」

「昨天是我不好。」

威廉低頭賠罪。艾陸可則是一臉茫然。

「啊，嗯……好。你知道錯就好……倒不如說，我已經沒那麼生氣了……」

「是嗎。艾陸可，妳真溫柔。」

威廉抬起臉，朝對方露出笑容。

艾陸可卻「唔」地微微發出驚呼聲，退了大約半步。

「怎麼了嗎？」

「沒……沒事。」

聽起來這麼缺乏說服力的「沒事」倒也稀奇。威廉曾想過要不要使壞追究下去，但是那實在太幼稚，只好作罷。

據說威廉和艾陸可是在離彼此不遠處被發現的。而日他們倆同樣被尼爾斯救了。然後也同樣被尼爾斯拋下了。

威廉完全不知道自己會跟艾陸可相處多久，但是同伴間若能相處融洽應該再好不過，大概。

首先得為展開新人生做準備。要掌握自己會些什麼，不會什麼。艾陸可還小，威廉得設法連她的份一起打拚才行。

還有，等尼爾斯回來要對他埋怨一句。威廉如此打定主意。

「附帶一提，我還沒向幾位收昨晚的住宿費，這要怎麼辦呢？」

前言得稍作修正。

等尼爾斯回來，除了埋怨以外還要賞他一拳。威廉如此打定主意。

「……就你所知，這附近有沒有連來路不明的無徵種也願意僱用的地方？」

「這個嘛，立刻能想到的倒有一個。」

還真的有啊？明明威廉只是不抱希望地問看看罷了。

「太令人感激了。請你務必幫忙介紹。」

「還隨附三餐伙食，要帶小姑娘一起上工也行喔。」

「你說的該不會是——」

「雖然這話遲了點，我是這裡的老闆亞斯托德士。敝旅舍雖小，工作倒是挺多，麻煩你做好心理準備喔。」

對方將右手伸了過來，像是要跟威廉握手。

尼爾斯那傢伙居然早算到事情會這樣，才把他們倆留在旅舍。

威廉在如此篤定的同時，也對目前只能接受好意的自己感到可悲。

「……好的。請多指教。」

他一邊對抗想洩氣地垂下肩膀的念頭，一邊用右手回握了對方的手。

4. 古都與妖精們

妖精倉庫位於六十八號島。

科里拿第爾契則位於十一號島。

簡略來說，它們各是在懸浮大陸群的外圍與中心地帶。兩者之間當然大有距離。彼此更缺乏直達航路這種方便玩意兒，非得認分地轉搭好幾班聯絡飛空艇繞一大圈才能來回。

假如軍方能調一艘巡邏艇過來，自然會比較省事。不過那種艦艇基本上空間都嫌窄，還省去了緩衝震動的結構，因此特別容易搖晃，開得小小的窗口在長程旅途中更是敗興，妮戈蘭基於上述理由就一口回絕：「不要！」無人持反對意見。不可能有人反對。

大夥兒搭飛空艇晃了足足快一天。

「哇啊……」

從飛空艇下來的菈琪旭帶著滿面笑容朝四周看了一圈。

「好……好棒，好棒好棒喔，欸，緹亞忒，妳看妳看！」

「對啊，菈琪旭，我知道那很棒，手放開一下啦。」

被菈琪旭抓著肩膀一直猛晃的緹亞忒扭身抗議。

「可是妳看嘛，這是真的，都是真的耶……」

「我知道，我知道了啦，這些都是真的，所以妳放手啦。」

「哇啊啊啊啊。」

菈琪旭渾然忘我。

唉，也難怪她會這樣，菈恩托露可心想。

畢竟這裡不是其他地方，正是科里拿第爾契市。藍天的珠寶盒。夢與浪漫的什錦煎。

基本上，她們這些妖精要從六十八號懸浮島自由外出是不被容許的。因此只有透過書本或映像晶石裡的故事，才有機會認識其他懸浮島。而在眾多燦爛耀眼的故事中，都是以這座科里拿第爾契市為舞台。在這裡，「第二斗篷」從壞蛋手裡搶走百萬帛玳；「紅銹鼻(Rust Nose)」遇見他的愛；「明丘耶特一族」度過了波瀾四起的歲月……對於那一切，她們始終用憧憬的眼神看著。

首次有機會親身站上那些故事的舞台。這已經是開心到忍也忍不住的事才對。

坦白講，連不算第一次來的菈恩托露可本身都滿興奮。

「……那麼，我們接下來要到哪裡？」

菈恩托露可覺得把興奮表現在臉上實在不體面，就稍微深呼吸，然後用沉穩的語氣向妮戈蘭問道。

「這個嘛。我們最後是要到司令總部，不過在那之前，我想得先將菈琪旭寄在學長那裡。」

「妳說的學長是？」

「喏，妳們變為成體時也受過他的照顧吧。那個高大的單眼鬼（Cyclops）醫生。他是我在學術院的學長。」

「好恐怖的組合耶。其他同屆學生在畢業前是不是都嚇得只剩半條命啦？」

艾瑟雅從旁插嘴。

「真沒禮貌。我沒做過那麼多危險的事情喔。」

結果她得到了算不上否定的否定。感覺少過問為妙。

「……來，菈琪旭、緹亞忒。要走嘍。」

使勁把人拽著亂晃的還有被晃的，都一塊兒被抓了。

「我們不是來觀光的。該做什麼就做什麼吧。」

「啊……對……對不起。」

菈琪旭回過神來，乖乖地賠罪。

「唔喔喔喔，懸浮島在打轉……」

緹亞忒頭昏眼花地沒辦法回神。哎，她很快就會恢復吧，總之就當作沒有大礙。

「那我們走吧。」

妮戈蘭說完，便重新揹起巨大行囊。

從皮製的堅固背袋上頭，露出了好幾柄用布裹著的突起物。裡頭是遺跡兵器……艾瑟雅的瓦爾卡利斯、菈恩托露可的希斯特里亞、緹亞忒的伊格納雷歐，還另外帶了一把未選定持有者的劍當護身符。加在一起的份量應該相當於小號衣櫥（含內容物），從妮戈蘭對待的方式卻完全感覺不出有那麼重。

「請妳們倆收心。到目的地要走上一段路，注意別左顧右盼地走丟了。」

「好……好的，我會加油。」

要加油才能避免走丟就令人擔憂了，不過心態可嘉。

「……不能順便繞點路嗎，我上次有好多地方沒有參觀到耶？」

希望緹亞忒這邊能夠加把勁。

「請不要讓我一再重複。我們並不是來觀光的喔。」

菈恩托露可扠著腰稍微加重語氣以後，緹亞忒就消沉地安靜下來了。

她也擔心自己有沒有說過頭，卻想不出什麼好聽的詞打圓場。沒事的，緹亞忒也已經是稱頭的成體妖精兵了，應該有能力自我約束……她心想。

「啊啊啊！那邊，看那邊，那該不會是法爾西塔紀念大廣場吧！」

剛說完立刻就這樣。

「在中央的那個是大賢者之像，對不對！我可不可以靠近一點看呢？」

菈恩托露可轉頭看去。那裡有廣場、噴水池、眾多情侶與戴著大片風帽的精悍老人塑像。

扶持這座懸浮大陸群成立，且持續守護至今的傳奇人物「大賢者」肖像……雖說如此，他的塑像卻莫名其妙地傳出了「能為男女締結良緣」的說法。傳聞本身真偽不明，然而那對相愛的人來說似乎無所謂，大廣場上到處可見各色種族的情侶在談情說愛。

……嗯。無論准不准繞道，感覺都不能讓小朋友靠近那樣的地方。沒有為什麼。

「我也想去看！因為上次來的時候威廉說不行，我都沒有看到！」

緹亞忒趁機搭順風車表示意見，頭上就吃了輕輕一拳。

「早說過了吧。不准左顧右盼也不准繞道。要趕路了喔。」

菈恩托露可重申以後，菈琪旭和緹亞忒就一塊兒消沉了。

三十分鐘後。

事情變得相當頭痛了。

菈恩托露可拚命在心裡擦冷汗，並且環顧四周。

看向右邊。有寬敞大道，由石塊砌成的街容。各式各樣的人來來往往。馬車發出喀啦叩隆的嘈雜聲響奔馳而過。

看向左邊。漆成黑色的鐵柵一望無際，柵欄後頭是經過修剪的廣闊庭園。或許是離春天尚早的關係，滿地都是較為含蓄的綠意。不到一個月，整片庭園肯定就會色彩繽紛地百花怒放吧。無法看見那一幕，感覺有點遺憾。不不不，現在不是想那些的時候。

不用說，兩邊都是陌生的光景。

還有——這才是問題的本質——跟她一道的妮戈蘭、艾瑟雅、緹亞忒和菈琪旭，全都不見蹤影。

「真的頭痛了。」

菈恩托露可捂著太陽穴，閉上眼睛。

她回想出了什麼狀況。事情非常單純。在街上走到一半，忽然間，遠方的建築物吸引了她的目光。

那是以往曾在書本上讀到的著名聖堂尖塔。據說全懸浮大陸群只有七座，乃是三百年前出於天才建築師之手的大型建築之一。其獨特輪廓即使從遠方望見，也能蠱惑觀者的心——書上是這麼介紹的。

原來如此，那本書寫得沒錯。菈恩托露可看見其輪廓，才著迷了一下下（她自己以為），回神以後就跟同伴走散了。

「糟透了。」

居然左顧右盼而迷路，才剛威風地叮嚀晚輩就立刻出醜。她想都沒想到，自己會好巧不巧地鬧這麼大的烏龍。

她們的目的地是位於科里拿第爾契這裡的綜合施療院。菈恩托露可變為成體時，曾去過一次那地方。儘管印象模糊，但應該想得起路。最糟的情況下，只要飛上大從空中認路就行了。她不想太招搖，即使如此，總比嚴重耽誤會合的時間要好。

「總之先走吧。」

幸好科里拿第爾契市屬於跟眾多懸浮島有所來往的交易都市，行人中和妖精同為無徵種的人不算多罕見。只要避免高調舉動，菈恩托露可的模樣就不會引起注目。

光走在街上，自己也會成為街頭景象的一部分。

如此一想，她便忘了狀況，腳步也變得輕鬆了些。

又過了七分鐘。

「……哇啊。」

菈恩托露可重新體會到，這是座恐怖的城市。

畢竟她只要稍微走在街上，立刻就會撞見讓人興趣盎然的東西。有知名建築物，有稍稍令人好奇的小徑，更有毫無預警地出現在路中央當擺飾的銅像。變化豐富到令人怎麼也不會膩。

若是一個人走動，每次發現那樣的東西就會忍不住留步。

這樣不行。記得要認真點趕路，否則昏天暗地或許就不是單純對狀況的比喻了。

菈恩托露可如此焦急地快步走過大街，拐過轉角。

「……哇啊。」

她發現了一座雄偉的建築。

科里拿第爾契市中央大書館。它本身可算是市內現存最古老的建築物之一，同時也是號稱藏書量在大陸群首屈一指的驚人大型圖書館。

經過長久歷史，至今仍保有優美的白堊塔身。菈恩托露可明明有所防備，還是被迷住了。而急著非趕路不可的雙腳在無意識之下仍然不停動著。結果——

「呀啊！」

「唔。」

菈恩托露可撞上某種像牆壁的物體。

被彈開的她當場跌得屁股開花。

「好痛……」

「噢噢，抱歉。老夫分神了一會兒。」

「啊，不會，是我走路沒有看前……而……」

看來她撞到的並不是牆壁。長著金髮和金鬍鬚，體格壯碩如巨岩的無徵種老人。或許是因為他身上那件純白披風莫名醒目的關係，看起來簡直招搖到不能再招搖的地步。即使在能夠接納所有種族的科里拿第爾契街上，也顯得和景物格格不入。

然而，菈恩托露可親眼確認以後，一瞬間仍懷疑過自己撞到的是不是牆壁還什麼來著。雖然不知道其來歷，但從那名老人身上足以感受到如此渾厚又不可思議的魄力。

「妳沒受傷吧？」

連關心之語都散發出撲面而來的威迫感。

不愧是歷史悠久的大都市，居然會有如此奇特的人物正常地走在街上，各方面都超乎想像。

「啊……是的。謝謝您關心……」

菈恩托露可怯生生地借助對方伸出的手站了起來。

老人臉上雖帶著溫和的微笑，卻無法盡掩那刺人的銳利目光。

菈恩托露可自己好歹也是身經百戰的戰士，卻得刻意繃緊神經，要不然雙腿似乎就會因而發軟。

「啊～……對了，小姑娘。能像這樣講到話也算某種緣分，方不方便請妳指路？」

短暫的沉默。

「什麼？」

「呃，說來倒難為情，其實老夫有些迷路了。」

對方用手指搔了搔臉頰，似乎在害臊。感覺並不搭調。

「老夫一直認為得找人問路才行，只怪自己……不太擅長向走在路上的人搭話。」

「這樣啊。」

想想也是。這種光是站在原地就壓迫旁人的存在感，的確不太適合隨口向人搭話。

「要指路是無妨，但我同樣不是當地人，對路況也實在稱不上熟悉。不曉得能不能幫到您。」

畢竟菈恩托露可當下幾乎等於迷路了。這話暫且不提。

「那麼，請問您要上哪兒去？」

「上館子。地點似乎在綜合施療院附近。」

哎呀，菈恩托露可心想。

「我也要到那裡辦事。若您不嫌棄，要不要一道去？」

「噢，那太好了。」

老人笑了。

至少，有如陳年古木的臉龐上擠出了皺紋，呈現著笑容的樣相。魄力似乎會讓小朋友看了哭出來的笑容。

幸好自己是個大人，菈恩托露可微微地繃著嘴角心想。

「老夫以前也來過這座城市。想說自己記得路，就拒絕了別人的帶領。」

老人一邊走在路上，一邊嘀咕似的說。

菈恩托露可走在他旁邊——心裡總覺得自己像隨侍於君王身側的婢女——並且冷冷地應了一聲：「喔。」

「然而實際一個人上街以後，妳猜怎麼著，路全都變了樣！」

「喔。」

不可能有那種事。

科里拿第爾契市是古都。古都這東西的定義五花八門，但其中到底有一個條件，就是古時候的建築物始終保留著原樣。因此才不會發生「道路變樣」這種事。

就菈恩托露可所知，大書館附近那一帶在這一百幾十年來，都沒有進行多大規模的都市重劃才對。

（——唉，畢竟他似乎也上了年紀。）

就算記憶有些錯亂，或許也沒什麼好奇怪……菈恩托露可冒出這種失禮的想法。

「機會難得，老夫本來也覺得順便在城裡遊賞作樂亦是不錯。但總不好一直撇下等著自己的人不管。」

「唔。」

有看不見的刺扎進了菈恩托露可的胸口。

「不過，只是走馬看花就可惜了這座城市。老夫在想，改天要不要用一介觀光客的身分重新拜訪。」

「您平時住在比較遠的懸浮島嗎？」

「嗯，距離確實也是問題，更麻煩的是——」

忽然間，老人抬起目光。

菈恩托露可像是受到了牽引，也跟著看向他那邊。

「啊。」

妮戈蘭就在大街對面。因為她個子比路上行人高了快一個頭，非常容易認出來。對面似乎也注意到菈恩托露可他們這邊了。妮戈蘭靈活地穿過大街走來。

「終於找到妳了！哎喲，害我操心！」

「對不起。」

沒有找藉口的餘地。菈恩托露可乖乖地低頭賠罪。

「我還在想，要是妳被馬車撞上了要怎麼辦？妳們幾個上戰場很厲害，可是平時就沒有多頑強了喔。」

「對啦……妳說得是。」

黃金妖精在戰鬥時的能耐，近半是憑藉魔力催發後的效用。其餘幾乎都靠手裡的遺跡兵器。換言之，她們平時的身手跟在戰場上幾乎沾不上邊。

要說的話，菈恩托露可認為不只是她們，大部分生物被馬車撞了都無法平安無事。呃，雖然她曉得妮戈蘭當然不包括在「大部分」之內就是了。

「就算做絞肉，也要用專門的機器絞碎才比較好吃喔。」

「呃……什麼？」

妮戈蘭說得讓人有點聽不懂了。不過，她肯定是在擔心……應該沒錯。要好好地感謝，還有反省。

「啊～小姐，抱歉打斷妳們。」

那位老人家從旁插話了。

「別太怪罪那孩子好嗎？老夫是路過的觀光客，卻不小心迷了路。多虧有她好心幫忙指路了。」

「咦？」

這個老爺爺突然說些什麼啊？

「若因此對妳們造成不便，老夫面子還算廣，有事都可以包辦。所以，能不能請妳別太怪罪令妹？」

「哎呀。」

妮戈蘭的臉色變得有些傻眼。

「原來是這樣嗎？」

「呃……可以算是……他說的那樣吧？」

菈恩托露可當然遲疑了。剛才他們確實是用帶路的名義走在一塊。不過在那之前，她會走散根本就是自作自受，並沒有託辭的餘地才對。

此外，她們倆的關係不是姊妹。

「哎喲，拿妳沒辦法耶。」

妮戈蘭莫名自豪地愣了一愣。

「反正目前沒有別人知道，也沒有造成問題。我又不想叫妳別親切待人。不過，下次記得要先說一聲喔。」

「啊……好的，我明白了。」

菈恩托露可順著妮戈蘭說的點頭了。

「還有，老爺爺你也是。」

「唔？」

「或許在觀光勝地迷路是挺無助的，不過找年輕女孩搭話，還帶著她到處晃就令人不敢恭維了。要是只看狀況，就算被當成拐騙女生也怨不得人喔！」

「唔……噢，噢噢，也對。妳說得是。」

「在科里拿第爾契市這地方，也有不少針對觀光客的綁架案。如果不知道路怎麼走，到處都有觀光局設置的自律人偶（Golem），以後麻煩你要去問它們喔。」

好似在糾正小孩子惡作劇，既溫柔又嚴厲的口吻。

原本滿臉困惑的老人沉默片刻以後，突然像笑彈引爆一樣地忍俊不住。走在路上的人們全都回頭看來，原本在街燈上休息的鴿子鼓翅飛離，遠方拖著馬車的馬亢奮得開始撒野。

「……老爺爺？」

「呃，抱歉。」

老人忍著笑意，並且一邊擦掉眼角淚水，一邊解釋：

「老夫很久沒遇到敢用這種口氣相向的人了。有年輕姑娘在面前如此大膽，也讓老夫感到既懷念又可貴。心情都不合歲數地年輕起來了。」

「是喔。」

哎，的確。他是個臉可怕，體格可怕，連古怪派頭都令人覺得恐怖的老人家。但也就這樣而已。感覺倒沒有恐怖到人見人怕的地步。

「好了，只要來到這裡，老夫一個人也認得路。畢竟總不能繼續占用妳們的時間，老夫差不多該離開了。」

「……您真的不要緊嗎？」

「別擔心，下次迷路只要問自律人偶不就行了？」

老人說完，就對兩人眨了眨單邊眼睛。

他的媚眼拋得頗為老練。

「感謝妳們給的快樂時光。」

兩人一邊看著老人離去的背影，一邊微微偏頭。

「感覺好像在哪裡見過他耶。而且是這陣子才見過。」

妮戈蘭一說，菈恩托露可也察覺心裡有股蠢動著的異樣感。

「假如……有在哪裡遇過，我覺得沒道理會忘記像他那樣印象深刻的人物……」

「唔～既然我們倆都有印象，所以是在六十八號島遇見的？不過沒可能吧……」

疑問想不出解答。因為想不出來，兩個人都一直偏著頭。

法爾西塔紀念大廣場與懸浮大陸群最高偉人的大賢者石像，就在她們倆方才走來的路旁邊。

†

「那麼，作了夢的孩子過來這邊。」

「好……好的！我我我這就夠氣！」

菈琪旭被身穿白衣的女醫生們帶去進行成體妖精兵所需的調整了。

剛用力咬到的舌頭看起來實在很痛。

「我想，她應該在不遠的地方。」

妮戈蘭神情困擾地搔著臉，出門去找菈恩托露可。

「居然害人擔心。假如她沒有平安無事，我就要用全力擁抱的方式處罰她。」

她還打趣地說了這種話。

此外，據說妮戈蘭出全力擁抱，連巨岩都可以粉碎。

這樣一來，留下的只剩兩員。

她們被趕進施療院一角，位於內部的簡單候診間，還被交代：「有下一步指示以前都在這裡待命。」當然，關於那所謂的指示什麼時候會來則不得而知。

「菈恩是跑去哪裡了啊？」

艾瑟雅無聊地坐在椅子上嘀咕。

「她肯定是去看那個啦！偽證者之墓！」

想盡量從位置較高的窗戶多看一點外頭景色，就在牆壁跳來跳去的緹亞忒答道：

「我們剛好有經過附近，再說那是來科里拿第爾契就絕對不能錯過的人氣景點之一嘛！她好詐喔！」

「菈恩跟妳不同，她在那方面都是一板一眼的喔。」

「紅銹鼻說過：美會蠱惑人心！」

「他那句台詞在原本的上下文是那樣套的嗎？」

艾瑟雅把頭歪一邊。

「話說回來，好閒喔。要不要玩接龍？」

「才不閒！因為我，現在，非常忙！」

「是這樣喔。」

艾瑟雅往前趴到桌上，然後看著緹亞忒蹦蹦跳跳的背影。

當然，只要催發魔力飛起來就行了。緹亞忒卻沒有想到那一點，艾瑟雅也故意不說。

「唔喔喔，再加油一會兒，我的腿！平時的體術訓練就是為了今天這一刻！」

「真是個無憂無慮的孩子……」

從艾瑟雅的位置仰望那道窗，剛好可以看見外頭的藍天。從六十八號懸浮島也好，從十一號懸浮島也好，不管在什麼地方仰望，藍天總是擺著相同的面孔。從這裡只能看見那樣的東西。

此時，候診間的門被輕輕地敲響。

「會不會是之前提到的指示？」

艾瑟雅抬起頭。門打開了。

「請問……」

怯生生地走進來的既不是妮戈蘭，也不是醫師或軍人。

毛長得軟而白的狼徵族（Lycanthropos）女孩。

「咦，記得妳是……」

「菲兒小姐！哇啊，好久不見！」

緹亞忒比艾瑟雅先想起那個女孩的名字。

菲樂可露比亞·德里歐。這座城市的市長的女兒。

幾個月前，艾瑟雅和緹亞忒曾在她的帶領下——說得更精確點，則是在威廉的策略下——於科里拿第爾契市四處觀光。對於原本跟六十八號懸浮島外頭全無交集的黃金妖精來說，那是想忘也忘不了的獨特體驗。

「艾瑟雅大人……緹亞忒大人……」

菲兒卻神情緊繃地看了房間一圈說：

「珂朵莉大人和奈芙蓮大人，果然都不在呢。」

「菲兒？」

「對不起。」

菲兒走進房間，用手帶上門以後，當場就一屁股坐到地上。

「之前，我都不曉得妳們幾位是什麼身分。我都不曉得我們消費得理所當然的日常生活，是靠著誰的犧牲來維持。」

「咦？」

緹亞忒目瞪口呆。

「啊～……原來如此。」

艾瑟雅聽懂對方忽然道歉的用意，搔了搔後腦杓。

「妳聽別人提到我們的身分了，對不對？」

「是的。我湊巧聽見伯伯和家父在談。」

她口中的伯伯，應該是指從小時候就有私交的「灰岩皮」一等武官。至於父親則是吉爾安達斯．德里歐，這座城市的市長。

雖然不曉得那兩位怎麼會談到黃金妖精，總之她們身為祕密兵器的事情，似乎是被菲兒得知了沒錯。

「過去當妳們在戰場賭命時，我煩惱的是中午要塗哪種果醬在鬆餅上。我連那些都不曉得，還恬不知恥地過著某一天。這讓我覺得好羞恥，好對不起妳們……」

菲兒低著頭，像是隨時要痛哭似的表白。

「呃，唔，那個——」

緹亞忒慌了。

「啊～感謝妳新鮮的反應，菲兒小姐。」

「是。」

「事到如今，就別談因為我們是用過就丟的兵器所以態度該怎樣之類了。妳有所謂的良知，成長環境又好，感覺是會相信世上善人比較多的類型。對於那種人，並不用開口逼他們理解。

所以，我希望妳這麼想。

我們是為了讓所有住在懸浮島的普通人，都能一無所知地過著悠哉的日常生活，才偷偷地在拚命喔。」

「為了讓一無所知的人……過日常生活……」

「是啊。所以，請不要對自己不知情這件事感到羞恥或什麼的。妳度過的那些時間，正是我們作戰的意義，該怎麼說呢，這就好比我們的榮耀之類吧。」

「噢～……」

緹亞忒似乎感動地發出讚嘆了。不知道她有沒有身為當事人的自覺。

「所以說，把臉抬起來啦。至少，我們並不是為了看朋友的哭臉才一路拚命過來。」

「艾瑟雅……大人……」

「『大人』也是多餘的就是了。」

艾瑟雅用手直搔臉。就在此時。

喀嚓。

門再度打開。這次換成藍髮妖精……也就是菈恩托露可……從門後露面了。

「對不起，讓大家擔——」

菈恩托露可的道歉詞停在中間。她環顧房裡。

手肘拄在桌上的艾瑟雅，貼著牆角只把頭轉過來的緹亞忒，還有癱坐在地板上的生面孔狼徵族。

「——這是什麼情形？」

「妳的問題滿難回答耶～」

艾瑟雅微微皺眉，並且「哇哈哈」地刻意笑了出來。

「奇怪，菈恩，只有妳一個人嗎？去接妳的妮戈蘭呢？」

「嗯，她在那裡被『灰岩皮』派的人攔住了。」

菈恩托露可指著施療院正門的方向。

「然後，妮戈蘭就被帶走了。她要我在這裡跟妳們一起待命。」

「她被帶走了，帶去哪裡？」

「不清楚，但我想應該不用擔心。」

「要說的話，的確是不必擔心啦。」

兩人對彼此點頭稱是。

「……呃？」

跟不上話題的菲兒依然淚汪汪地，把頭偏了一邊。

「所以呢所以呢，妳去看了什麼地方？是偽證者之墓對吧！還是說，妳去了距離有點遠的大麥市場？」

至於緹亞忒……該怎麼說呢？她還是老樣子。

†

「妮戈蘭大人，這邊請。」

「什麼？」

「灰岩皮一等武官在等妳。」

矮個子的爬蟲族……以發育停止時期依個體而有大幅差異的爬蟲族來說，反倒是接近平均的尺寸，但平時看慣了「灰岩皮」的魁梧體格，難免會覺得嬌小……的使者正等著妮戈蘭。

「我才剛到，讓我休息一下也好嘛。」

沒有回應。

不說廢話這一點，感覺頗有軍人的味道。

「大人們已經在裡頭等著了。」

「什麼大人們啊，你說的是誰？」

沒回應。嗯，想也知道。

在使者引領下，妮戈蘭從施療院後門離開，穿過了有著清潔劑與廢水臭味的陰暗巷道。稍微抬頭，就可以看見有繩索橫渡面對面的窗戶，上頭吊了許許多多清洗過的衣物。

——要去哪裡呢？

妮戈蘭雖有疑問，但使者的背影明顯散發著沉默寡言的氣息，感覺就算問了當然也得不到回答。

——指名要我一個人而不讓那些孩子跟著，看來是要談不想讓小孩聽見的麻煩事呢。

如此一想，心情就有些沉重。

這時候，傳來了肉類的焦香味挑逗鼻腔。妮戈蘭抬起臉，發現有標示為餐廳後門的小塊招牌。對了，晚餐該如何打點呢？當她這麼想著，使者便打開小小的後門，背影走進一家餐廳當中。

「這裡？」

妮戈蘭問，但是如預料的得不到回應。爬蟲族只有微微回頭，催她跟上去，隨即匆匆地走在狹窄的廊上。

看得見略顯氣派的裝潢。

「討厭。不曉得我這樣穿合不合規定。」

妮戈蘭低頭看了自己的模樣。雖然衣服在她的標準來說夠可愛，不過那終究是以便服來看。基本上，她才剛搭乘飛空艇晃了一整天，模樣實在稱不上講究。

爬蟲族的背影快步遠離。

陪她講點話總可以吧？妮戈蘭一邊在內心這麼埋怨，一邊追在對方後頭。

他們在一道狀似沉重的門前面停下。

生著勾爪的手敲門。急促兩下，間隔片刻再三下。有低沉嗓音說道：「進來」。哎呀，這暗號挺有模有樣的嘛？稍感佩服的妮戈蘭心想。門開了。

房間裡有張大桌子。嫌遺憾的是，桌上沒擺菜餚。圍著桌子的則是生面孔與熟面孔都有。

「……咦？」

在牆邊站著身穿軍裝的「灰岩皮」。哎，關於這點，既然找妮戈蘭過來的是他本人，會出現也是應該的。

在「灰岩皮」旁邊還站著一個兔徵族軍人。從肩上的階級章來看，圖樣為盾與大鐮，記得那象徵的是憲兵科。

另外還有個狼徵族的中年男子坐在桌邊。感覺是生面孔。剪裁合宜的西裝搭配高雅單片眼鏡（Monocle）。儼然為紳士的模樣，至少比妮戈蘭更適合出現在這間上流風格的餐廳。

然後，先前才剛道別的白披風老人不知道為什麼也在。從他「噢噢」地顯露意外臉色這一點來看，對方似乎也沒料到彼此會在這裡遇上。

此外，還有一個人。

足以讓前面那些臉孔全部從妮戈蘭腦袋溜走，意義獨具的一張臉孔，就在眼前。

灰色頭髮的少女。

雖然不知道為什麼緊閉著左眼，但是不會錯。她是理應在地表那場戰鬥中喪生的妖精兵。

「奈芙……蓮？」

「嗯。」

奈芙蓮微微地偏頭。

「真的……是妳？」

「有一半是。」

儘管妮戈蘭得到了聽不太懂的答覆，卻幾乎沒聽見耳裡。

她想衝上去，想抱住奈芙蓮，想磨蹭她的臉，想放聲大哭。那樣的衝動一口氣從腦袋湧現、膨脹，然後炸開。

妮戈蘭一屁股跌在長毛地毯上。

「讓……讓各位見笑了……」

妮戈蘭在相勸下就座。

還抓住了排斥的奈芙蓮，硬要她坐到自己腿上。

周圍男性貌似被逗樂的目光（或許那就是被逗樂了的目光沒錯），讓妮戈蘭有點難受。

然而，她不打算放手。

「妳的見笑是現在進行式。」

「安靜別吵。」

她對怨言也聽不進去。

「……那麼，讓我們重新自我介紹吧。」

狼徵族在位子上簡單做問候。

「我名叫吉爾安達斯‧德里歐，是由這座城市的居民選出來的市長。」

「咦？」

妮戈蘭頓時停下動作。

「呃，那個，我是奧爾蘭多商會的妮戈蘭……」

「好的，請多指教，妮戈蘭小姐。還有這位是——」

「巧合真是嚇人的玩意兒。我們方才也見過面呢，小姐。」

白披風老人打斷德里歐先生的話，又對妮戈蘭眨了眨單邊眼睛。

「不好意思，方才沒報上名字。老夫名叫史旺，在護翼軍擔任類似顧問之職。」

「啊，是的……您好。」

市長(Mayor)還有軍方的老爺子。為什麼這些人物會偷偷摸摸地在這種地方會面，而自己也被叫到了現場？妮戈蘭不太明白話題的走向。

「呃，所以……我不清楚狀況，請問這到底是怎麼回事，為什麼奈芙蓮會在這裡？難道說——」

威廉也平安無事嗎？差點這麼問的妮戈蘭噤口。

「——有沒有另一個人平安從地表上獲救？」

現場空氣變得稍微凝重。

沒有人講話。或許自己不該問的。妮戈蘭心想。

「能不能讓我來說明狀況？」

兔徽族軍人扶正眼鏡，並且向前半步。

「交給你了。」

白披風老人大方地同意。兔徽族簡單行禮，然後說道：

「我是巴洛尼·馬基希一等武官。請多指教。」

「啊，好的，請多指教……」

既然是一等武官，表示地位跟站在旁邊的灰岩皮差不多？

「先化除一項誤解吧。妳現在抱在腿上的東西，並不是妳熟悉的妖精女孩。她是在地表遭到〈獸〉汙染，身心都已變質的別種生物。」

「喔……」

妮戈蘭又聽到不太能理解的話了。

她試著用手指戳奈芙蓮的臉頰。好軟。讓人想忍不住一下吃掉的那種軟。跟以前絲毫沒變，是她熟悉的觸感。

對方是怎麼說的？這遭到了〈獸〉的汙染？

「接著……關於目前未預測不到〈第六獸〉來襲一事，我想妳已經了解了。」

那是當然。妮戈蘭點頭。

「關於這點，原因已經釐清了。在於珂朵莉．諾塔．瑟尼歐里斯。」

咦？

「〈第六獸〉要進攻天上，原本就必須有成長到一定程度的個體進行分裂，並且碰巧隨著風飄流到懸浮島。換句話說，這要它們數量夠多才能夠成立。

然而，先前她在K96—MAL遺跡地區的戰鬥中，將極為大量的〈第六獸〉摧毀了。而且連本來沉睡在地底的都爬出地面，她也將它們殲滅了。」

「你是說……珂朵莉？」

「目前，地表的〈第六獸〉數量明顯減少了——雖然還不到全滅的程度，但是要再度進攻天上應該得花相當長的時間。」

「那女孩捨棄性命……不，她將性命用到最後，保護了這座懸浮大陸群。」

「灰岩皮」所說的話，也無法順利傳到妮戈蘭耳裡。

犧牲自己拯救懸浮島。那原本就是妖精們的職責。珂朵莉想從中解脫，為此奮戰的她曾經回到這裡。

最後，卻落得那樣的結局嗎？

「……真是個笨拙的孩子。」

妮戈蘭不想把珂朵莉的死稱作命運。她不想用那種字眼來讓自己接受。

她是為了重視的人們，或者只為了重視的某個人，才本著自身意志奮戰到最後一刻。

結果懸浮大陸群碰巧也得救了，如此而已。妮戈蘭希望這麼想。

或許，威廉以前提過的「勇者」就是那樣。他們本身都只為私心而戰。但他們的戰鬥卻遭到命運或使命扭曲，被易幟成為世界而戰。

明明戰事消失，危險遠去，狀況應該值得慶幸。明明應該以她為傲的。

不知為何，妮戈蘭卻覺得有些不甘。

「不只護翼軍，在懸浮大陸群中，這份情報於諜報能力達一定程度的組織之間已經傳開了。於是，他們有了共通的認知。此時此刻，正是整座懸浮大陸群重新整頓對〈獸〉戰略的時機。」

「所以說，那些人就是因為這樣才會對我們倉庫裡……具遺跡兵器適性的精靈們出手。」

「灰岩皮」的眼神似乎在說：「是妳對他們出手才對吧？」

奈芙蓮則帶著「怎麼一回事？」的表情看了過來。發生過許多風波喔，不過沒事的，我已經先扁過那些壞蛋了喔，這話實在不能講出口。相對的，妮戈蘭只有先微微地握拳給奈芙蓮看。不知道她懂不懂。

「沒錯。那也是他們採取的行動之一。」

「……之一？」

「他們目前對護翼軍的要求，是釋出所有對抗〈十七獸〉的權利。具體來說在於研發、保有以及緊急時動用兵器這三項。關於遺跡兵器的部分，僅為其中一例。」

要理解對方說的這些，讓妮戈蘭費了些時間。

「〈獸〉是強大且底細不明的敵人。要研發及保有用於對抗它們的戰力……」她吞下口水。「意思是叫護翼軍准許他們無限制擴張軍備嗎？」

「沒錯。既然無法判斷對抗敵人需要多少戰力，任何戰力都可以透過『或許有必要』而得到正當化。面對那樣的正當性，道德倫理和大陸群憲章應該都會黯然失色。」

懸浮大陸群住著各種不同的種族。當中甚至有原本關係接近於捕食者與被捕食者的族群。儘管花了漫長時間讓各種族融合，基本上他們仍處在各執一套價值觀的共存狀態。

當然，無論大小紛爭都持續不斷。牽連好幾座懸浮島的大規模戰爭差點發生，也不是一次兩次的事。

為了防止那樣的紛爭，存在大陸群憲章。於大陸群黎明期由傳說中的大賢者所制定之法，不問種族及場合皆永遠適用的最高法律。莫殺戮、莫偷竊、莫有過度武裝。打破這些禁忌的人將受到各懸浮島之自治組織制裁，若有不能為之時則由護翼軍代行。

「接下來，才是真正要談的正題。」

「……還有什麼內情嗎？」

「他們甚至要求在緊急情況時，應有權利自行判斷動用對付〈獸〉的兵器。這代表著什麼意義？」

兔徵族提問似的將目光轉來。

妮戈蘭不明白。

她並不是軍人。她是商會成員。對於專家在這方面的爾虞我詐雖不到完全無知的地步，卻也稱不上通曉。

「只要是〈獸〉出現的地方，就可以任意投入戰力開戰。」

奈芙蓮嘀咕了一句。

「正是。」

兔徵族點頭。

「……那又怎麼了嗎？除了〈第六獸〉以外的〈獸〉又不會飛。到現在已經不成問題了吧？」

「的確，表面上是這麼一回事。然而……」

奈芙蓮搶話似的嘀咕。

「即使如此，萬一還是有〈獸〉出現在懸浮島，就可以隨意開戰。」

「但是那應該不可能啊……」

「恕我失禮。接下來能不能讓我穿插說明？」

之前都靜靜聽著話題進展的德里歐市長動了動狼徵族特有的尖耳朵並插話。他朝房間裡各有來歷的顯貴看了一眼，才繼續說道：

「這是大約半個月前發生的事。有艘飛空艇墜落在這座島上。失事艦艇於文件中是登記為民營打撈業者所有，不過那是偽裝，現已釐清該業者並不存在。

那艘艦艇原本的名字是『明日捕捉者七號』。是艾爾畢斯國防空軍擁有的非官方地表調查艇之一。」

「雖然墜落後變得殘破不堪，但相當於貨艙的地方似乎打造得格外牢固，還保留著原形。」

似乎名叫史旺的白披風老人補充說明。

「船艙中留有相當高竿的捕捉用結界術形跡。」

這些人在說什麼？

妮戈蘭不懂，應該說，她不想懂。談到這裡，她已經對事態理解得有了不想聽懂的念頭。

「捕捉用結界術……？」

「出色到連老夫都服氣。**足以用來運載〈獸〉**。」

「……請問。」

這位老爺爺服氣又怎麼樣呢？妮戈蘭對這部分不太清楚，然而從話題的演變來判斷，結論只有一個。

由於內容太過荒謬，連想到這一點的她都難以置信就是了。

「莫非幾位的意思是，艾爾畢斯國把〈獸〉帶到了懸浮大陸群？」

哈哈哈，別傻了，怎麼可能。妮戈蘭希望他們像這樣一笑置之。

在場卻沒有任何一個人願意笑。

她可以感覺到，腿上的奈芙蓮驚恐地微微晃了身體。

「當然，那僅止於可能。我們缺乏證據。從墜落的艦艇中查無〈獸〉逃走的行跡，也沒有造成災情。因此，才得用這種形式將幾員妖精兵找來這裡。」

「也有消息指出，艾爾畢斯派了眾多軍人潛入十一號懸浮島這裡。可以肯定那些人打算在近期內生事。」

兩名軍人接連補充了絕望性的情資。

「……不過。那太奇怪了。他們……怎麼會做出……那麼荒謬的事。」

「無論妳覺得那樣的行動再怎麼異常，既然有人實行一事屬實，我們就非得因應。拜託妳。請跟妖精兵一同在這座城裡短暫居留，以防事有萬一。」

德里歐市長朝妮戈蘭低頭。

她瞟向軍人們，那些人就默默點頭了。

目前護翼軍無法為此事發出動員妖精兵的正式請求。所以，他們希望將形式安排成妖精們是在妮戈蘭獨斷下才出現於此吧。狀況便是這麼回事。

「……我明白了。」

妮戈蘭一邊感覺到喉嚨有吞不下的苦，一邊點了頭。

聽完剛才那席話，她總不可能搖頭。

「不過，關於這次的事情。難得來到這裡，請各位讓我開一個條件。」

「好。只要是我們辦得到的事，妳儘管說。」

對方一口答應了。

雖然趁人之危的交涉方式不合妮戈蘭本意，不過難得有這樣的好機會。她也不想浪費掉。

為了那些孩子，她不惜狠心化為厲鬼，雖然她本來就是鬼。

妮戈蘭在心裡重新鞏固如此莫名其妙的覺悟，並且開口。

「能不能准許那些孩子有自由時間呢？」

5. 名叫威廉的青年

隔著蕾絲材質的窗簾，太陽西斜的朱紅淡淡地照亮房裡。

那狹窄的房間裡，只有兩名年輕男女的身影。

「啊……啊……」

亂糟糟的床單上，年輕的鳩翼族(Tourterelle)女子正在調適紊亂的呼吸。

「感覺……好舒服喔……」

她一邊輕撫自己紅潤的臉頰，一邊想起什麼似的起身，然後整理自己亂掉的衣服。

「被你用手指摸過的地方，會熱得跟著了火一樣。感覺變得好像不是自己的身體。」

「那太好了。」

而威廉坐在床邊，目光飄到了無關的方向。

他依然幾乎想不起自己是誰，不過，至少身為年輕健康的男性這一點肯定不會錯。

再者，鳩翼族除了背後長著強而有力的淡灰色翅膀以外，其外表與無徵種十分相似。

用手指觸碰的感覺柔軟而溫暖，肌膚摸起來又滑順，聽對方發出怪聲難免會有遐想。

「有幾處肌肉亂緊繃的，我剛才都有揉鬆一遍。」

為了避免穿幫，威廉深深地呼吸，拚命安撫亢奮的心臟。

「只要別一下子又擔起重荷，發炎的症狀就不會惡化。妳今天可以洗個熱水澡，然後早早睡覺。」

「怎麼了嗎？事情一結束，感覺你就把距離拉遠了耶。」

「沒事啦。」

「騙人。你的耳朵都紅了。」

「既然妳有注意到就別提啦！」

威廉把臉別到旁邊抗議。

頭這麼一轉，遮著右眼的眼帶就稍微移位了。威廉連忙把位置調回來。因為他還沒有戴習慣的關係，戴起來實在不適應。

「啊～對不起喔。被你揉來揉去的途中，我好像有發出一些曖昧的聲音。該不會是太刺激了？」

「並沒有。我又不是小鬼頭，才不會因為這樣就特別起反應。」

「是大人才會有反應喔？」
「妳真的不必認真跟我辯這個！」
依然把臉別到旁邊的威廉再次抗議。
「啊哈，你好可愛。」
女子像小孩似的笑了。
「欸，你叫威廉？雖然你裝得一副大人樣，其實還滿年輕的吧，你大約幾歲？」
「我不記得啦。」這是實話。
「你是這陣子才開始在亞斯托德士先生的旅舍工作的吧。之前你是做什麼的，果然是在科里拿第爾契市讀醫學之類的嗎？」
「我說過不記得啦。」這也是實話。
她說的科里拿第爾契市，是與這裡有段距離的大都市。在懸浮大陸群有首屈一指的悠久歷史，人口也多。當然，更有知名學術院落址於此。在那裡進修醫學的人理應為數眾多。不過要談到自己是否屬於其中之一，威廉還是覺得有哪裡不一樣。
他所學的，大概並非醫學那方面的學問。這幾根手指記得的，並不是從知識層面來讓人舒服的按摩手法，感覺更貼近於淌著血用土法習得的某種技術。雖然他說明不來，總之就這麼回事。

「嗯～身體好輕鬆！這樣明天起又能到處飛了！」

女子起身，並且伸展肢體。

「之前繃得滿緊的。妳做的工作那麼累人嗎？」

「我是郵務公司的送貨員。有的日子也會搬到挺重的東西喔。」

會長肌肉真傷腦筋呢～她一邊轉動肩膀一邊補充。

「不要太勉強喔。我剛才做的終究是應急措施。弄得不好，妳明天又會摔下來。」

「那就討厭了……欸，你已經要走啦？」

「是啊。」

「你好忙耶。至少喝個茶再走吧？」

「不用。我有同伴在等。」

「同伴……啊，你是說剛才那個小女孩。」

鳩翼族女子被逗笑似的露出笑靨。

「勾引失敗固然不甘心，但總不能叫你丟下小孩子嘛。真遺憾。」

「很高興妳能諒解。再見。」

「是～幫我跟亞斯托德士先生還有你的小同伴問好喔！」

†

——我是什麼人？那名青年如此思索。

名字似乎叫威廉。

之所以會用「似乎」，理由在於那是聽來的。

他不記得自己的名字……不，他對自己的一切都不記得。

每次想回憶過去，就頭痛欲裂。

不知道為什麼，他每次想克服那種疼痛，艾陸可——同樣遭遇了飛空艇事故的另一名生還者——就會露出難過的表情。因此要試著進一步回憶，會讓他感到猶豫。

失去的東西已經沒有了。與其拘泥那些而迷失於當下，還不如珍惜眼前的事物。

他決定如此度過新的生命。

†

萬里無雲的夜空中，有著滿天欲墜的星斗。

空氣冷透了，對於剛忙完差事而發熱的肌膚來說正舒服。

「啊～……總覺得累透了。」

他是受僱於旅舍的員工。所以這種類似外派按摩師的差事，當然沒有包含在本來的業務範圍內。

自己過去是什麼人？雖然腦子到現在仍然想不起任何事，手指頭卻好像記得不少。起初只為旅舍老主顧提供的推拿服務在街坊間意外成為話題，如今到處都有人直接找他出來按摩。

顧客大多是中年男獸人。正因是天生肌肉多的種族，運動不足或年邁造成的肌肉衰退也格外顯著。另外也有仗著年輕就讓肌肉操勞過度，因而傷到筋或導致發炎症狀的案例。

不過他偶爾也會像這次一樣，被年輕的女性顧客找去。於是乎……

「……**威廉**，你好不爭氣。」

回程中，走在旁邊的艾陸可就芳心不悅了。

「只要碰到成熟一點的美女，你的骨頭馬上就軟了。」

「並沒有。」

他答得像心裡有鬼。

「負心漢。」

「我說過了，沒有。再說我根本沒有女友，哪有什麼負不負心……慢著。」

仔細一想，既然像這樣失憶，就無從得知自己過去跟女性有什麼樣的交往關係。別說他或許心有所屬，就算出現已經結過婚的戲碼都未必不可能。

……呃，沒那種事吧。他立刻改換想法。

該怎麼說呢？他沒辦法想像自己對某個女孩子傾訴款曲的模樣。更難想見會跟哪一個女性共築特別的關係。

所以自己肯定是單身的。就算在別人面前變成「軟骨頭」，應該也沒有被怪罪的立場。

就在這時候——

「呀啊。」

夜路昏暗，或許是一邊仰望星星一邊走路的關係，艾陸可被石頭絆到了。

差點往前撲倒在地上的她被揪住頸根，這才停了下來。

「小心點。因為這一帶的路有些凹凸不平。」

「唔……唔嗯……」

「要手牽手嗎？」

「咦，呃……可是……」

感覺不乾不脆的態度。他不管那麼多，硬是抓住少女小巧的手掌。

好冷的手。

接著他發現。雙方身高差得太多，這樣下去實在不好走路。

「放……放開啦。這樣會害羞。」

「妳那是什麼情竇初開的口氣？」

「拜託，我不是小孩子呀哇！」

牽著手走不了。放了手又危險。問題麻煩歸麻煩，卻也不是無法解決。他把少女的嬌小身軀整個捧起來，然後直接擱到自己脖子上。

用肩膀扛小孩的姿勢。

「哇啊——」

「小心喔，摔下來可不只痛而已。」

「好棒，好高，看得好清楚！」

沒人在聽。

「星星好近，好像搆得到！」

少女嘟囔著拚命朝天空伸手。

不可能搆到。可是，感覺好像可以。所以她才伸直了背脊。

他很了解那種心情。雖然不曉得理由，但他十分了解。

「要抓頭髮或哪裡都可以，妳要抓緊喔！」

「我……我知道！」

再沒有比這更像對待小孩子的方式。然而，她沒有對此抱怨。

「欸，艾陸可。」

他朝頭上喚道。

「在我失去記憶以前，妳就認識我了，對吧？」

有受到驚嚇而動搖的氣息。

「……我是不曉得喔。」

「這樣啊，可是——」

說是那麼說，她對威廉的事卻格外清楚。不，基本上就連「威廉」這個屬於自己的名字，他都是聽這個少女提起才知道的。

何況……

「以不認識的人來說，妳在我身邊待得真自然。呃，雖然在心情上對我幫助很大。」

「那是因為，呃……我只是順其自然而已，沒錯。」

感覺她回答起來結結巴巴。

顯然在隱瞞著什麼。哎，不追究也無妨吧。

「畢竟**紅湖**不知道去了哪裡。雖然我是大人，但我第一次過自己的人生，所以不想孤孤單單的。」

「紅湖？」

「他們從我出生時就照顧著我。有**紅湖**、**黑燭**，還有**翠釘**。」

「哦。」

冒出了不少名字，會不會是代代侍奉她老家的僕人？

如此一來，表示這女孩是出身優渥的大家閨秀。那她在這邊悠閒度日行嗎？她的老家該不會鬧得雞飛狗跳吧。

「妳不用回家嗎？」

「嗯。因為已經沒有那樣的地方了。」

她淡然地說出不得了的話。

「只要等，**紅湖**肯定就會找到我。然後我們就要一起去找**黑燭**。」

「哦。」

大概是要到處打聽尋找失散的舊僕人吧。雖然不清楚那是什麼情況，希望能順利。

「所以**威廉**，我現在跟你在一起，只是順其自然而已。我們兩個，遲早要結束這段只屬於當下的糜……糜爛關係？」

不明所以的詞，被她不明所以地直接拿來用了。

「還真是成熟的話題。」

「對吧？」

可以感覺到頭上有「哼哼」地表露得意的氣息。

「——剛才說的那些，我要再補充一點點。」

「嗯？」

「**珂朵莉**就是我。可是，我不是**珂朵莉**。」

——咦？

「珂朵……莉？」

不認識的名字。

不記得的名字。

撩動心弦的名字。

「所以**威廉**，我不會喜歡上你。因為，我覺得那樣子太狡猾了——**威廉**？」

艾陸可大概是察覺狀況不對，就緊緊地抓住威廉的頭髮。

「怎麼了，你不舒服？」

「……沒有。」

他硬是將強烈的反胃感吞回胸口，然後回答。

「沒事啦。我只是腳步不太穩。會不會是運動不足？」

「真的嗎？」

「嗯，真的。」

看來這副身體習慣在小孩面前逞強。

為此，他似乎也擅於撒謊。

即使懷著頭痛與反胃感，威廉仍笑得自然。

「好，接下來用跑的回去吧。要化解運動不足，跑步就是最好的方法。」

「咦，等……等一下，那放我下來好了。」

「不放！妳要牢牢抓穩才可以，以免被我甩下去！」

「咦？咦，咦，咦？」

對疑惑的聲音，一概不理。

而且威廉說到做到，他大步大步地在夜路上跑了起來。

「呀……呀啊……呀啊啊啊！」

艾陸可在肩膀上當然晃得厲害。小小的雙手緊緊抓緊了威廉的黑髮。實在有點痛。

當然了，若是這種疼痛，他反而強烈歡迎。比起莫名其妙的頭痛更能溫暖心房。

「別說話，會咬到舌頭喔。」

「就……就算，你那麼說，放……放我下來呀啊啊啊啊唔！」

早說會咬到嘛。

「……欸，艾陸可。」

「怎……怎樣！」

「我對妳，是有好感的喔。」

「……………………」

莫名漫長的沉默。隨後。

「你又把我當小孩了。」

她用埋怨的語氣這麼告訴威廉。

「哈哈，穿幫了嗎？」

「當然會穿幫啊。」

威廉的後腦杓被緊緊地摟住。

「因為，你才不可能認真講那種話。像**珂朵莉**就知道你不會，說不定連**黎拉**也因為這樣吃過苦頭。」

刺痛感。頭又痛起來了。

不知道為什麼，連胸口也跟著痛起來了。

艾陸可·霍可斯登似乎是亡者。

她原本是不死的存在，卻被貼了「這是屍體」的標籤在上頭。這個世界，還有星神的肉體本身，都對這標籤深信不疑。世界將她當屍體對待，肉體也把本身表現成屍體。既然那對任何人來說都是屍體，就表示那是具屍體……標籤用這套原理將現實覆寫了。

前些日子，這塊標籤曾被尼爾斯動手加上小小的破損。

破損有多大，標籤就失去多少的說服力。說服力失去多少，屍體的成分就減輕多少。儘管極度接近於屍體，仍有一點點不死之軀的成分，她似乎變成了如此莫名其妙的存在。

原理不太好懂，大概也沒必要理解才對。

重要的是，目前這女孩的身體，確實有大半形同於亡者。同時，即使比例只有那麼一點點，但她仍是活著的。故作成熟的她依然像個小孩，開開心心地在過目前的日子。

而且——照這樣看來。

這孩子跟喪失過去的威廉不同，她有地方可去；有該見的人；有該做的事。可是她卻隱瞞著那一切，停留在這個地方。

理由再明白不過。因為她無法對目前的這個「威廉」置之不理，他會讓她擔心。

†

鍋子裡，豬肉咕嘟咕嘟地煮著。

可口的香味差點讓威廉忍不住動手品嚐。不過，被亞斯托德士用目光制止後就作罷了。想吃到最美味的肉類佳餚，就不能違抗食人鬼的指示。威廉熟知這個道理。

自己為什麼會知道這種事？這部分依舊讓人一頭霧水。連威廉都覺得自己的過去謎團重重，他老是把問題想得事不關己。

這間旅舍的老闆亞斯托德士是食人鬼族。

食人鬼屬於鬼族(Orgle)的一支，種族本身具有在款待他人之後將其拆吞入腹的驚悚習慣。然而，在殺害有靈性的生命為法律所禁止的現代，他也就不能直接實行這套習慣。迫於無奈，至少也要滿足「想款待他人」的本能慾求，他才會在這層因素下經營旅舍……據說是如此。

「食人鬼當中，選擇這種方式過活的大有人在。雖然我們也有類似村落的地方，不過住在那裡的頂多只占種族的一半，其他都散居各地過著類似的生活。」

亞斯托德士對鍋中肉投以格外溫柔的目光，並如此介紹他們那些族人。

「我有個獨生女，不過那孩子也在某座島上從事照顧小孩的工作。這話由做父親的來說也不太好意思，但她是個溫柔的孩子，我想那大概算她的天職。」

「哦……」威廉應聲後才突然想到。「你有那麼大的女兒啊，這麼說來你大約幾歲？」

「前陣子過五十了。」

「……看起來不像呢。」

威廉嘀咕以後，又重新看向亞斯托德士的臉。

感覺認不出年齡的臉。白頭髮多，臉頰也長了皺紋，卻完全不會給人蒼老的印象。不過，他也不是單純看起來年輕。無論自稱幾歲都不太搭調，從五官難見端倪。

「食人鬼以種族而言就是這樣的。我們並非不會老，但就是不容易看出來。啊，肉差不多可以夾嘍。」

「那真令人羨慕。」

威廉一邊隨口答話，一邊從鍋子裡夾肉，然後大快朵頤。

「……好好吃。」

「呵呵呵，是吧？」

亞斯托德士高興地笑了。

「好……好燙，好燙喔……」

艾陸可燙得眼睛發直，威廉替她拿了水壺。

「怕燙就不要勉強。」威廉一說，艾陸可便淚汪汪地鼓著腮幫子表示：「我以為沒問題的。」大概是愛逞勇的年紀吧，真不坦率。

「對了，你習慣這裡的生活了嗎？」

對方忽然拋來那樣的話題。

「這一帶離科里拿第爾契市近，又鄰近主要幹道。有許多種族的人來來往往。對身為無徵種的你們來說，我想也不會造成太多不便。」

「才沒有什麼不便啦。」威廉委婉苦笑。「感謝你。環境實在太舒適，甚至讓人想一直住在這裡。」

「那倒好。起初是講好待到尼爾斯先生回來，但你願意，之後也可以留在這裡喔？」

「……總覺得啊。」

「嗯。」

「以失憶題材的故事套路來說，那種台詞不是應該由獨居的年輕女孩對我說嗎？」

「哈哈，這話我直接奉還。明明闖進了獨居男子的生活裡，為何你不是少女呢？」

原來如此。這麼一說也對。他們雙方都不上道。

「我總覺得遭到忽略了。」

有個年幼甚於年輕的女孩在稍微鬧脾氣。

「唉，不提故事了，短期內還是要承蒙你關照。行吧？」

威廉一邊答話，一邊將胡蘿蔔分到艾陸可的盤子。

她擺了有點排斥的表情。胡蘿蔔似乎不太合她喜好。

「別挑食喔，會長不大的。」

威廉講完以後才想到。之前曾言及這孩子幾乎等於屍體的事（雖然不清楚原理）。既然如此，她該不會吃再多東西，將來都沒辦法長大吧。倒不如說，她為什麼會進食？

「唔～……」

艾陸可眼角泛著淚水，並且把切塊的胡蘿蔔放進嘴裡。

她大口大口地把那咬碎，然後嚥下去。好像是哽到喉嚨了，她拿起水壺猛灌。還一邊轉著眼珠子一邊捶胸口。

過一會兒之後，艾陸可揚起嘴角笑了。

因為沒有從旁人得到反應，她就探頭看向威廉的眼睛，又揚起嘴角笑了一次。

「啊～了不起了不起。」

威廉隨便誇獎。

「嗯！」

艾陸可笑得開懷。

受不了，之前她哪來的臉說「別把我當小孩」啊？

威廉閉上眼睛，短短地祈願。

希望這安穩的生活，這恬靜得甚至感覺像造假出來的生活能再持續一段時間。

「在太陽西斜的這個世界裡，依然如昔」
-everything in my hands-

1. 科里拿第爾契的妖精們

從全身的叩診觸診開始，醫生拿燈湊到眼前確認眼球活動的情形；詢問喝下檢查藥劑後的感覺；還抽了少量的血液。

「嗚嗚嗚，全身都被人摸遍，我已經嫁不出去了……」

裸身套著一件健診衣的艾瑟雅慢悠悠地從看診床上起身。

「不管嫁不嫁，這樣我算做完檢查了吧？」

沒有回應。

盯著病歷表的單眼鬼醫生臉色凝重。

要辨別臉孔構造不同的種族表情本來就難，即使如此，有的時候還是可以看出對方想表達的訊息。

「……真虧妳能撐到現在。」

結果，醫生似乎只能擠出這樣的評語。

「呀哈哈，我只有頑強是公認的強項啦～」

艾瑟雅一邊啪噠啪噠地扣上衣服釦子，一邊用平時的陪笑技巧敷衍。

「生命力萎縮到極點。身體幾乎快遺忘存活的念頭了。要是受傷恐怕就無法痊癒。催發魔力而衰退的體力，應該再也恢復不了。」

「是是是，我之前就那樣覺得。」

她盡可能開朗地回答語氣嚴肅的單眼鬼。

「下次妳站上戰場，就不知道能不能回來了。」

「是啊。關於那一點，以心境來說差不多就是：『終於輪到我啦～？』」

艾瑟雅坐在檢診用的床上，試著把腿晃來晃去。

「坦白講活得太久，最近反而是內心會覺得難受。我希望活下去的那些女生都一個個死了，活著沒有意義的自己卻苟活殘喘到現在。」

「才沒有活著不具意義的生命喔。」

「對啊……說得是。反正，我們妖精連命都沒有。」

「我不是那個意思。」

「當成那樣比較好吧，醫生？對用過就丟的道具投注感情，傳出去不太好聽喔。」

「抱持那種觀點的人比較多的確是事實，但他們都是沒有直接認識妳們——連妖精具備自我意識這一點都無從得知的人啊。像我們就不願把妳們用過就丟。」

「醫生，要是不派我們去赴死，懸浮大陸群就保不住。」

艾瑟雅從中打斷對方的話。

「正因如此，我們才沒有被承認為一個種族。而是當成不具人權的兵器來看待。好讓在場所有人都能毫不猶豫地把我們當棄子。因為需要這樣的規範，環境才會這麼安排。對不對？」

「這個嘛。」

醫生帶著沉重的嘆息，並且語氣苦澀地告訴她：

「我認同妳的觀點。不過在如此的環境下，我們個人要怎麼想，則是我們的自由。」

「要是疼愛妖精的大人變得太多，或許我們就會講出『因為不想死所以不願意作戰』之類的話喔？」

「……也對。」

單眼露骨地將目光轉開了。

「唔。感覺怪怪的喔。難道醫生你有事情瞞著嗎？」

「還稱不上隱瞞就是了。

假設——我只是打個比方，假如妳們不用再作戰了，而且還可以活下去，要是事情變成這樣的話，妳想做什麼？」

「哦。好突然的假設耶。」

艾瑟雅想了一下。

「既然是假設，哎，大概維持像以往那樣吧」。」

「以往那樣？」

「住在森林中的倉庫裡，每天懶洋洋地過著悠閒的生活。有小妹們嘰哩呱啦地玩耍，有孩子氣的保姆忙得團團轉，而我則悠哉地一邊看著那副光景，一邊慢慢讀書。每天都安詳過頭，不小心就變得越來越長壽呢。」

「……哈哈。是嗎，嗯，是啊。」

單眼鬼連連點頭。

「果然，妳這孩子應該要長命才對。」

他說的這句話，讓先前那些討論一下子就成了泡影。

†

菈琪旭的身體調整完畢了。

測出的數值相當出色，潛力不凡，醫師們都讚不絕口。而妮戈蘭每聽見一句誇獎，心情就逐漸消沉。因為作為刀械的性能再怎麼高，作為炸彈的評價再怎麼好，也不可能有女孩子會因而得到幸福。

假如菈琪旭有天分，發揮那種天分的機會最好永遠都別來。希望不會。別來就對了。

「唔喔喔喔喔！」

「哇啊啊啊……」

緹亞忒和菈琪旭一塊讚嘆出聲。

大麥廣場。科里拿第爾契最熱門的觀光名勝之一。這裡原本正如其名，是專門批發大麥的市場。港灣區塊附近另外蓋了新市場以後，它便暫時功成身退，目前只是座多用途廣場。

廣場上，到處有街頭藝人表演各式各樣的花招。球形族（Ballman）雜耍者拋弄著無數的小刀，蛙面族雜耍者噴出細細火柱，戴著同款面具的樂團奏出歡樂旋律為現場炒熱氣氛。

「哇，哇，哇。」

孩子的好奇心解放以後，就沒有停的時候。緹亞忒在人群間左右穿梭，跑過來又跑過去。被她拉著手的菈琪旭一邊叫，一邊跟在後頭。

「喂，不……不要到處亂跑，妳們別忘記自己是受觀察對象！」

根據護翼軍的兵器管理手續，要帶這些黃金妖精外出，最低條件為「需有掛階軍官攜行」。因此，被迫接下監視差事的可憐四等武官只好叫苦連天地追在她們倆後面。

那一幕，妮戈蘭心情有些複雜地看在眼裡。

「……假如我們真的只是來這裡觀光就好了。」

她明白自己是在奢望。這些少女是為了備戰才會在這裡。而且，原本她們並沒有必要介入戰鬥。正因為如此，軍方才會容許她開出「讓孩子們觀光」這種原本不可能過關的任性條件。

說到任性，還有奈芙蓮的事。

如之前所見，奈芙蓮並沒有死。可是，她也不算平安無事。經過與珂朵莉不同意義的質變以後，據說，她已經不會回妖精倉庫了。

妮戈蘭認為這是令人落寞的消息。

不過，並非難過的消息。天空廣闊，而世界是狹窄的。光能相信奈芙蓮在某個地方過得好，以救贖而言已經足夠。因為死掉的人連這點希望都沒有。

「喂～妮戈蘭，這邊這邊！看，有比腕力大賽耶！妳要不要跟叔叔一起參賽？」

緹亞忒使勁揮手。儘管她口中的叔叔，也就是四等武官正露出滿臉複雜的笑容，不過說到底還是有心挽袖一戰。菈琪旭點頭如搗蒜地朝對方賠罪。

受不了。都不了解人家的心情，真是樂天。這樣非常好。

「……可以啊～！」

妮戈蘭用力揮手回應。緊接著。

「要是我參加，比賽立刻就會結束喔～」

她輕快地朝孩子們那裡跑過去。

†

凡事都有商量空間。

想進去中央大書館行不行呢？不行就算了。菈恩托露可抱著如此的心態問過以後，據說是市長女兒的菲樂可露比亞……她說過要叫她「菲兒」……就給了強而有力的回應：「我明白了！」後來不到半天工夫，菲兒居然連入館許可都幫忙爭取到了。

為此吃驚的，反而是菈恩托露可這個開口拜託的當事人。

她們是在鄉下長大且沒有任何權利的妖精。另一方面，提到科里拿第爾契市的中央大書館，則是匯集懸浮大陸群睿智的代表地點之一。該說是自己不夠格，或者不敢當呢？感覺兩者不協調的程度，甚至讓她擔心妖精會不會光靠近那裡就要受責罰。

用信封裝著交到手上的入館許可證，看起來似乎也像可怕的凶器。

在好幾道正式的官印底下，寫有「准許此人於機密書庫B—47閱覽資料」之類的神祕咒語。上面所寫的B—47到底是什麼，難道裡面裝滿了知情以後就會遭到處決的駭人祕密？

「……菈恩，妳也滿會拗的耶。」

艾瑟雅手裡同樣有拿入館許可證，還帶著像是看開了什麼的表情嘀咕。

「拜託妳別說。我目前快被那樣的自覺壓垮了。」

「我們彼此都是小市民嘛。」

「我認為自知斤兩對任何人來說都相當重要的喔。」

兩人感慨萬千地說著這樣的喪氣話。

「來，我們走吧！本小姐不才，但是，還請讓我盡全力協助兩位查資料！」

情緒格外高昂的菲兒一個人腳步雄健地走在前頭。

「在各位原本的戰場上，本小姐絲毫無法提供助力。不，就算嘗試兩肋插刀，我想那也會變成對妖精們的侮辱才是。因為這樣，至少請讓我在能力所及的範圍內，盡量幫忙妳們！」

她眼中燃燒著火紅的鬥志。

「這個人一旦被觸動開關就挺麻煩的耶……」

「她以前也曾經這樣嗎？」

「當時是技官闖的禍。」

又跟那男人有關啊？為什麼只要扯到他，每個人都會被揭露出麻煩的本性？

——她們與大量書本搏鬥了一番。

菈恩托露可還以為腦袋會燙熟。

她喜歡閱讀，也不討厭思考。然而事情有所謂限度。腦子裡塞進過量資訊的她，整個人都發燒了。

「我們要不要出去一會兒，好整理筆記順便休息？」

她試著這樣提議。

「唔啊～不好意思，我現在還想跟這本書奮戰一下。妳自己先去好嗎？」

「本小姐要協助艾瑟雅大人，因此菈恩托露可大人妳先請吧。啊，後頭有間美味布丁值得推薦的咖啡廳，請妳到那邊等我們過去會合如何？」

外表看不出韌性如此堅強的兩人各自對菈恩托露可如此表示。

「不不不，分散行動不好吧。畢竟我們是妖精。」

她朝著穿軍裝在旁邊淪為擺飾的監視人員看了一眼。

「一等武官指示過，要盡量讓妳們有行動自由。不過，別走得太遠。」

意外獲得允許了。

那樣好嗎？菈恩托露可倒不是沒有疑慮，但既然對方說好，自己也不必把主意改來改去。

「……這樣啊。難得有機會，那就謝謝你們的美意了。」

她乖乖點頭，然後拿著夾了便箋的筆記本離開座位。

後來，菲兒推薦的那間咖啡廳，菈恩托露可滿快就找到了。

或許是因為離大街較遠，上門的客人並不踴躍。然而他們看來幾乎都不是觀光客，以當地人居多。表示這大概是有固定主顧的店吧。

菈恩托露可坐到露天咖啡座。她從菜單上吸引目光的眾多品項中，挑了奶茶與蘋果派，然後點餐。

翻開筆記。重新審視從讀過的書裡潦草抄來的便箋。

「唔～……」

她們這些黃金妖精到底是什麼？為何會存在？從哪裡來，又會到哪裡去？曾幾何時艾瑟雅在妖精倉庫提出的根本性疑問，大致就這些。

只聽這些話，會覺得完全像青春期的煩惱。

更傷腦筋的是，客觀來看，她們正是青春期的小孩。

若是其他種族的小孩，就會從思想書籍或故事中尋求解答。然而她們目前大量翻閱的，卻偏偏是死靈術（Necromancy）研究書籍。而且，那恐怕是在大陸群上所能求得的最頂級藏書。

「重新一看，我們真是消極灰暗的存在呢……」

菈恩托露可咕噥以後，想起自己是單獨一個人。

或許是因為相處時間久的關係，她會覺得娜芙德就在旁邊。那個女生本身不太會思考事情，理解能力也不算好，卻十分擅長聆聽。即使自己正在想事情，也會不知不覺地被娜芙德吸引而開口。多虧如此，現在她完全養成了自言自語的習慣。

不算好傾向呢，菈恩托露可心想。她明明想當個獨立自主的女性，卻怎麼也不順利。

「這是不是想做什麼都會變成白費心思的時期呢……？」

她輕輕咬下一口蘋果派。好吃。

這時候——颳起了強風。風兒從菈恩托露可手邊取走幾張便箋，然後直接將那些吹到半空打轉。

「啊……！」

急忙伸手也抓不著。從位子上起立想再伸了的瞬間，又有風將剩下的便箋一起吹走。

「呀啊……咦？啊啊！」

菈恩托露可一邊對疏忽感到不甘心，一邊茫然地仰望天空。

要火速催發魔力追過去嗎？不行，那樣來不及。用跑的追過去？不，感覺追不上，而且似乎還會出其他差錯。不然該怎麼做？自己能做什麼？

遲疑的過程間，時間仍在流逝。只見便箋越飛越高，毫無止盡。

「──哎，哎呀？」

便箋沒有一路飛上天。好比將剎那的時間擷取下來那樣，所有便箋一瞬間都停住了。

「這是……」

間隔片刻，便箋又動了。這次它們無視於風，彷彿受了線的操控，全被吸到站在街上的某個男人手裡。

身穿格外醒目的白披風，面容帶有威嚴的老人。

「啊……啊啊！老爺爺！」

「嗯，是之前的小姑娘嗎！真巧！」

路過的老人不顯訝異地拿著成疊便箋，直接走過來。

「妳特地來這種地方進修啊？很好很好。年輕時所學的，都會在將來成為武器。當然，要是沒有連運用之道一併學通，也就毫無意義……嗯？」

忽然間，老人將目光落在成疊便箋上，並且皺眉。

「謝謝您，這些是我重要的便箋。」

「嗯，高階死靈術啊。以學生自由研究來說，妳選了奇特的主題。」

「不是的，我並非那種身分，也沒有進取到有意進修。這些都不是用於為將來做準備，單純是我現在想了解。」

「什麼？」

菈恩托露可收下老人遞來的便箋。

「……老夫懂了，看妳那髮色。原來，妳也是黃金妖精。」

「啊。」

霎時間，有許多種情緒在菈恩托露可腦中交錯。

認識黃金妖精這個種族的人，未必對她們有正面印象。不知道這名老人在下一刻會露出什麼表情？菈恩托露可怕雖怕，還是做了心理準備。

「這麼說來，另一名小姐就是妳們的管理員啊。老夫都忘了。」

儘管老夫早早便決定絕不直接見妳們就是了。沒想到居然會在這樣的地方相遇，甚至互相交談。」

嗯。這究竟是怎麼回事呢？

雖然程度些微，不過老人臉上確實有一絲因悲痛而生的扭曲。既非厭惡也非隔閡，那張表情中流露出來的比較像內疚之情。

「呃，老爺爺，請問您沒事吧？」

菈恩托露可也覺得自己問了傻話。假如對方有狀況，那怎麼想都是她害的。自己明明就沒有立場擺著親切面孔表示關心才對的。

「……哈哈。妳在關心老夫啊，真是個溫柔的姑娘。」

「喔。」

莫名其妙地被誇獎了。

總覺得從第一次見面的時候，和這名老人講話好像就微妙地對不上。要緊的齒輪沒有結合，卻姑且能轉動，有這種搆不著癢處的感覺。

「既然認識了也沒辦法。巧合就只是巧合•會成為幸運或不幸，端看要如何活用狀況。」

「喔。」

這個人在說些什麼呢？

老人當著困惑的菈恩托露可面前拉了椅子，然後坐到她對面。那高人的身軀，和咖啡座偏小的椅子有些不協調。

「妳應該有想要透過死靈術知識來了解的問題吧。說說看。老夫會回答妳。」

「不，我想了解的是內容有點難捉摸的事情。」

「大概也是。無妨，妳說說看。」

太為難了。

剛才他只瞥了便箋一眼，就知道那是針對死靈術查的資料。從當時就可以推測，這名老人相當博學。不過，她們想要了解的，應該並不是尋常的博學老爺爺會有的知識。

「……黃金妖精究竟是什麼呢？」

問就問吧。

答得出來就答啊，菈恩托露可有這樣的心情。

「原來如此。妳問得相當切中要點。甚好甚好。」

不知道為什麼，對方欣喜無比地點頭。

「那麼，從哪裡講起好呢？」

他稍作思索。

「在遙遠的過去，星神們對地神下令，要祂們創造名為人族的物種。」

「啥？」

菈恩托露可認為，對方忽然談起了不相干的話題。

老人不顧她的疑惑，又繼續說道：

「祂們並非無中生有，而是先準備素材，再加工製造出人族。素材大略分成兩種。其一是從星神們來到這個世界以前，就存在於這裡的唯一物種〈原始獸群〉。其二，則是對活著一直流浪感到厭倦的，星神們本身的靈魂。至於加工方式嘛——」

老人指向盤子上，菈恩托露可吃到一半的蘋果派。

「跟這一樣。祂們用粉碎的自身靈魂來包裹〈獸群〉。從靈魂強制改寫肉體的費事詛咒。原為〈獸群〉的生命，被改造成樣似星神的另一種生物，也就是人族了。」

「喔……呃，不對……咦？」

這跟一般流傳的創世神話不一致。老人所談的格局壯闊到莫名其妙。那根本沒有回答到她問的問題。整體而言，都不知道該對哪個部分傻眼了。

不過，當中只有一段話令人好奇。

老人說星神用了〈獸群〉，來創造名為人族的物種。

「可是，後來人族這個物種繁衍得多了點。派的數量變多了，傷腦筋的是派皮卻不夠多。畢竟用來當派皮的星神靈魂，從粉碎以後就沒有增加。派皮隨著日子越變越薄。」

「……難道說，〈獸〉會從體內解放……」

那是菈恩托露可先前在地表推導出的假說。不過，那套論點是她當時讀了發掘的古書才想到的。理應不可能有機會接觸相同資訊的這名老人，為什麼會講出類似論調？

「嗯。妳很機靈。莫非妳早就從中推敲出來了？」

老人表示佩服，並且瞄了桌上所擺的便箋。

「〈原始獸群〉原本屬於不死不滅的存在。將其封進命數有限的人族軀殼中以後，它們就變質了。悔恨。希望。耽溺。正義。溫柔。恐懼。冷漠。無知……受到種種誘人致死的要因牽引，它們變成了象徵十七種死亡的存在。

那種東西要是被解放，名為人族的物種就會滅亡。如此認為的人們想出了一條計謀。幸好，在當時還剩下僅僅兩尊星神。」

星神。對了，那項傳說至今仍在流傳。

五百多年前，人族勇者曾討伐最後的星神。

「沒錯。有人想用僅存的星神靈魂，來製造新的派皮。但他們的嘗試失敗了。憑人族的技術，無法重現地神完成過的天工。星神靈魂並未順利搗得粉碎，只是散成無數片就結束了。新的蘋果派沒有出爐，末日順理成章地來臨。哎，雖然省略了不少細節，以過程而言差不多就是如此。」

「……那個。」

菈恩托露可怯生生地舉手說道：

「您的話很讓人感興趣，不過那是關於人族的由來吧，我問的是黃金妖精耶。」

「當然了，老夫就是在回答妳的疑問。」

哎喲，跟這個老爺爺講話真的都對不上。

然而，只是內容對不上，對話本身應該還是成立的。當成挑戰稍微費解的古文書來解讀他的話就行了。如此一來，肯定可以聽懂他所說的內容。菈恩托露可打定主意，把剛才那些話回想一遍。

「……難道說。」

她想出來了。

最後的星神靈魂並沒有順利搗碎。

新的蘋果派沒有出爐，作為材料的靈魂碎片依舊四散。

「人族未能完成的新世代人類失敗品。您的意思是，那就是我們的真面目？」

「嗯。妳那樣理解並沒有錯。」

老人點頭。

「但老夫覺得要稱之為失敗品，就稍嫌草率了。唉，每個人都有自己的觀點。要用積極或消極的角度解讀，隨妳高興。」

沒有什麼積極或消極的。有一點比那些更重要。

假如這個老爺爺所言屬實，懸浮大陸群幾百年來視為謎團的問題，一口氣就能解答出好幾個了。不可能會有那種事，也不應該有那種事，菈恩托露可卻覺得那是正確的。

「請問，為什麼您會知道這些？」

「因為老夫活得稍微久了些。」

對方從容地回答並聳肩。

「剛才那些若是真相，那世上應該無人知曉才對。為什麼您要告訴我呢？」

「老夫有愧於妳們。」

他笑得有些悲傷。

「老夫既無法賠罪，也無法收手，更沒有資格那樣做。所以才對妳透露這點事，聊表寸心。哎，不過是卑鄙專擅的老頭想求個自我滿足。」

那麼——老人邊說邊起身。

「雖然我們大概不會再見面了，但這是段寶貴的時光。」

「啊。」

菈恩托露可想叫住對方，連忙站了起來。

在此瞬間，風吹了。她以為便箋又要飛走，急忙將筆記本闔上。

於是，等菈恩托露可再次抬起臉時，老人的背影已經到處都看不見了。

「呼～……累壞了～」

好似放學的學生那樣，累得兩眼昏花的艾瑟雅搖搖晃晃地走來。在她後面不遠處，還有被毛皮遮著而臉色難辨的狼徵族菲兒跟隨。

「咦，怎麼了嗎，菈恩，妳在恍神耶？」

「……我們到底是什麼？為什麼會存在？從哪裡來，又會到哪裡去？」

「菈恩？」

「實際獲得答案以後……沒想到滿空虛的呢……」

「菈恩？欸～菈恩托露可小姐～？」

艾瑟雅用手在菈恩托露可面前揮舞。

吃到一半的那盤蘋果派，發出了叉子落在盤上的微微聲響。

2. 勇者與星神

艾陸可忽然倒下了。

打掃客房途中，她就像線控傀儡斷了線似的，當場昏倒了。

「沒事吧！」

威廉連忙抱她起來。幾乎沒有呼吸。感覺她幾乎像具屍體，而威廉隨即想到，就算如此比喻也不值得大驚小怪。這孩子是屍體，會像生人一樣到處活動才異常。

只要對方活著，應該就可以從發燒或呼吸急促看出病情的嚴重程度。然而對方若是屍體，就完全不知道要怎麼估量狀況了。照料方式也沒有底。找醫生感覺更無濟於事。怎麼做才好？能為她做什麼？威廉一無所知。

姑且先將艾陸可抬到床鋪靜養。不知道有沒有意義。

許久以前，或者這一陣子，好像也發生過類似的情形。他讓醒不來的某個人躺到床上，而自己只能在旁邊無能為力地發抖。結果自己無法忍受那樣，就堅信應該有所可為，動身跑去痛扁什麼人了。

混帳。假如現在也可以靠著痛扁什麼人來改變情況，只要有那麼一點可能性，他大概會毫不猶豫地動手。然而此時此刻，偏偏就沒有目標讓他猛揮握緊的拳頭。

「濕毛巾……不對，冷敷有意義嗎？反過來替她取暖……不會讓身體腐壞吧？」

威廉想到什麼就站起來，然後又立刻坐下。從剛才就反覆這樣。

亞斯托德士告訴他：「工作的事不要緊，請你陪著艾陸可。」可是，陪在旁邊卻什麼事都不能為她做，心裡反而難受。

還是先回去工作好了？不，可是他不想離開這孩子身邊。他抱著這樣的迷惘，靜靜地盯著自己的手掌。

「唔……」

威廉聽到呻吟聲，就猛然將臉抬起。

「奇怪……？」

他撲過去探望艾陸可的臉龐。

或許是心理作用，艾陸可的臉色似乎變好了。看起來也沒有痛苦的樣了。威廉得知暫時沒有任何問題以後，表情就放鬆了。

「嗨。」

趁臉色還沒有鬆懈，他硬是運作整張臉的肌肉擺出笑容。

「妳終於醒啦，曠職公主。」

「我……咦，我睡著了，打掃工作呢？」

「妳就是在打掃途中忽然倒下的啦。我很擔心喔。」

「擔心……」

「妳現在變得非常冰冷耶。」

「是嗎？」

艾陸可一邊微微偏頭，一邊將自己的手掌湊在額前。分不清冷熱的表情。那是當然了，自己不可能分辨自己的體溫。

來——威廉將自己的手疊到她的額頭。

「好溫暖。」

「所以我才說妳冰冷啊。

一般要是操勞或憂勞過度，症狀正好相反。應該會發燒才對。妳的身體不同於常人，我也不知道該怎麼照料才好。還擔心妳或許就這樣醒不來了，我滿焦急的耶。」

「嗯，抱歉。」

「對啦，好好給我反省。所以說，妳現在沒事了嗎？」

「嗯。我只是有點累。睡過就舒坦了。」

聽她那麼說，威廉覺得全身似乎都沒力了。那種狀態究竟算不算「只是睡著了」？雖然他大有疑問，卻也沒精神深究。

「這樣啊……妳想不想喝什麼？想吃東西也可以。要不要我幫妳削個蘋果或什麼？」

威廉語氣溫柔地詢問表情茫然的艾陸可。

「我想喝……熱牛奶。有一點甜的。」

「好，包在我身上。」

他立刻起身。

「總覺得，今天的**威廉**好溫柔。」

「我一直都是個溫柔的人。」

威廉一回話，不知道為什麼，艾陸可就「啊哈哈哈哈」地認真笑了。

「久等啦。」

威廉端來的鍋子裡，散發著甜甜的香味。

在熱過的牛奶裡摻入些許蜂蜜，還順便加了肉桂粉提味。

「我調得比較溫，但妳別急著一口氣喝完喔。」

「我明明就沒事了。」

艾陸可微微噘嘴，並含下一口牛奶，喉嚨「咕嚕」地稍微起伏。

「好好喝。」

「對吧？因為我大致掌握到妳的舌頭偏好什麼味道了。」

「唔。」

或許艾陸可認為這是指她的舌頭跟小孩一樣單純，就擺了有些不滿的臉色。不過，他本人大概也有所自覺，要不然就是因為手裡鐵證如山，所以並沒有頂嘴。

「……那個，我可不可以，問你一件事情？」

「嗯？」

威廉一面從鍋子裡倒牛奶到喝光的空杯中，一面抬起臉龐。

「什麼事？」

「假如……我是說假如喔？

萬一我再過五天就會死，你能不能對我溫柔一點？」

「啥？」

威廉蹙眉。

這話好像在哪裡聽過。不對，更重要的是剛才這孩子幹麼那樣說？

「什麼意思啊？妳說五天，還真是具體耶，有什麼狀況嗎？」

糟糕。艾陸可的臉上這樣透露著。

「咦，沒……沒有，不是那樣的。對不起，把那忘記吧。」

「欸，艾……艾陸可，妳該不會——」

艾陸可用力抵住自己胸口，也就是留著深深劍傷的那一帶。

「我問了不該問的話。我想知道自己能不能變得和**珂朵莉**一樣，就試了不該試的事。」

——好痛。

威廉的太陽穴深處冒出刺痛感。

他又差點想起什麼了。

「真的對不起。目前……再讓我睡一會兒。」

艾陸可摟著毛毯背對威廉。

「我知道了。裝牛奶的鍋子就放在這，妳自己添來喝。」

威廉一邊忍著輕微頭痛，一邊離開了艾陸可的房間。

威廉和艾陸可的房間在旅舍二樓角落，是用沒人住的客房改裝而成。

他踏著吱嘎作響的樓梯來到一樓。

由於這間旅舍平時幾乎沒有人投宿，平常會利用一樓的寬廣休憩廳提供簡餐與酒來做生意。而在休憩廳中央，威廉看見亞斯托德士坐在小圓桌旁，正用高球杯小酌。

「我有聽見講話聲，她醒了嗎？」

「嗯。好像只是有點累才會嗜睡。」

「那太好了。」

亞斯托德士露出和善笑容，並且連連點頭。

「——奇怪，你不是說過自己不會喝酒？之前被醉醺醺的客人勸酒時，你是說自己『不能喝』推掉的吧，只是單純圖個方便？」

「不，並不是因為那樣。」

亞斯托德士難為情地笑了。

「我的酒品不太好。大概是黃湯下肚能壯膽，我會變得容易為小事發飆。雖然我本身都不記得就是了。」

「啊～……那就壞嘍。」

「要制伏我可不容易，妻子和女兒都數落過好幾次。因此，平時我盡量不喝。今天也是喝完這一杯就結束了。」

「可惜。那我就不能當你的酒伴了。」

威廉動作俏皮地聳肩，亞斯托德士便坦率地笑著回答：「不好意思。」

「話雖如此，我有點渴了。喝個茶代替吧。你也要嗎？」

「好的，我乖乖作陪。」

真是轉換靈活。威廉苦笑著走進廚房，用鍋子舀了甕裡打好的水，擺到晶石爐上。

「……說到尼爾斯先生。」

「嗯？」

「把你們帶來的那一天，尼爾斯先生露出了十分溫柔的眼神。他表示之後的事情都交給我，還補了一句『希望這次你可以活得平凡』。」

「……這樣啊。」

威廉隱約能料到。雖然他們交談的時間非常短，即使如此，對於那是個什麼樣的男人，連他自己都不可思議地感到理解。

「你和艾陸可的身軀都不平凡。而且，那似乎並不是天生的……啊，我對挑肉這回事有自信，畢竟我是食人鬼。」

麻煩別說得一副自豪樣。

「以往你們度過的人生，恐怕辛苦得幾乎要拋棄或喪失自我，而那些應該都告一段落了。假如可以，希望身心俱疲的你們能展開新人生……我想尼爾斯先生所說的，大概就是這個意思。」

「原來那傢伙在我沒看見的地方，會擺那種師父的嘴臉啊？」

「咦？」

「沒事啦。」

威廉不知道那個自稱的師父實際上跟自己到底是什麼關係，但可以曉得那人似乎對他跟艾陸可都愛護有加。所以，亞斯托德士的推測肯定是正確的吧……感覺連這一點都是可以體會的。

「有人著想固然值得高興，不過當事人在場時提那些就——」

後頸有一陣烤焦般的異樣感。

「——咦？」

難道有蟲子停在身上？不，不是那樣。

威廉對縈繞於皮膚的那種異樣感沒印象。可是，身體卻曉得。

「今天晚上沒有客人投宿吧？」

「怎麼了，突然這樣問。與其說今晚沒有，應該說今晚也沒有。」

「你有招惹過一大群人嗎？」

「這個嘛……會留下嫌隙的衝突，我倒是沒有印象。」

亞斯托德士給的答案讓人有些不安，但姑且照字面上的意思接受好了。

「那麼，表示來者是強盜集團之類的吧。」

有好幾道敵對的氣息正在對這間旅舍展開包圍。

眼光不錯。這間旅舍是以幹道上來往的旅行者為目標客層，離人煙密集的地帶有一小段距離。從還算寬闊的格局與打掃得乾乾淨淨的外表來看，也能推測資產有一定規模。在生活不濟的土匪眼中，理應備有的酒與糧食更是大有魅力才對。

「哎呀。已經到那種季節了嗎？」

「呃，這跟季節無關吧。話說你怎麼還老神在在？」

「春天的腳步一近，那種分子就會變多啊。」

你別鬧了，他們又不是昆蟲。

「威廉先生，你在旁邊喝茶沒關係。由我來對付。」

「不，站在受僱的立場，那樣總說不過去吧。我來對付，身為雇主的你繼續喝……酒就到此為止，我現在去泡茶給你。」

「用不著擔心喔，我對這種事習慣了。」

威廉離開座位。

過去的記憶依然被封藏著。不過在這種狀況下，自己卻絲毫不覺得恐懼或緊張。何止如此，甚至有種重操舊業的懷念感。過去自己似乎活在頗為凶險的世界。

「真的不用你費心就是了。」

「反正你坐著啦。」

威廉輕輕扳響指節。

假如要無聲無息地制伏某個人，大前提就是掌握對方的呼吸。這一點，無論在針對要害擊暈或持刀奪命時都一樣。

只要肺臟裡留有空氣，光是將其吐出就會有聲音。即使能一招就讓對手失去意識，也可能在倒地時受到衝擊就叫出聲音。因此只要是老練到一定程度以上的刺客，都會把奪去他人呼吸的技巧當成日常行為並謹記於心。

「……難不成，我是老練到一定程度以上的刺客……？」

威廉算準對方為了摸黑逼近而吐完氣的那個瞬間。

他用指頭扣住入侵者的頸根，震盪其腦部，靜靜地奪走對方意識。

手法俐落到連他自己都有點發冷，偷襲成功了。

威廉重新觀察癱倒在臂彎中的對手。從猜測來者是生活不濟的強盜這一點就錯了。那名獸人身穿軍裝。手裡拿的是長槍身的火藥槍。至少那肯定不會是尋常盜匪愛穿的服裝，也不是他們能弄到手的武器。

「這套制服是……護翼軍？」

由於在黑暗中，顏色和款式都看不清楚。

然而，威廉卻覺得就是他想的那樣。

「但護翼軍為什麼要包圍我們這間旅舍？」

首先會想到的是，可能有危險人物逗留於此。不過那不可能。因為這間旅舍根本就沒有客人逗留。

然後會想到的是，可能亞斯托德士其實是軍方追緝的對象。這樣的假設……以人格而言似乎很難想像，卻又不可思議地能讓人接受，但如果讓威廉來說，他覺得不可能。追緝罪犯屬於每座城市、每座懸浮島各自部署的義警團職責。護翼軍則是用於對抗懸浮大陸群整體危機的組織，並不具探案或逮捕權。

接著會想到的是——

「來找我的……嗎？」

與疑問浮現幾乎同一時間，光閘開啟的提燈照出了威廉的身影。

「不准動！」

不知道對方何時展開了隊形，好幾道槍口直指威廉。不愧是懸浮大陸群的守護者，訓練有素，著實令人佩服。

即使此刻被人用取命的道具指著，威廉的心依舊平靜。既不感到恐懼，也不覺得受威脅。

「這麼大隊人馬，來我們旅舍有什麼事，要用餐，還是住宿？」

「叫你不准動！」

「可以的話，能不能請幾位安靜點。這樣會打擾到已經休息的客人。」

哎，雖然那所謂已經休息的客人，當然是一個都沒有。

「發現目標，現將解除其戰鬥能力，請准許交戰。」

「准，大家上！」

呼應號令，黑暗中的氣息一起有了動作。

後續的事之後再考慮，當下要對付的對手簡單算來有六人。黑暗中的槍口略嫌麻煩，但並非無法應付。先就近教訓兩個對手，再扔出他們的身體破壞提燈。沒有燈光就可以引誘他們自相開火，要一個一個地出手讓這些人安靜應該也會比較容易。好，就用這一套。

當威廉心情輕鬆地如此決定，正準備付諸實行時——

「不行。」

嗓音與狀況絲毫不搭調的少女開口制止。

「你們人再多，也絕對敵不過他。」

「我應該吩咐過妳了，別出來！」

「有。不過，當時我也回答過，有必要時我就會照自己的意志行動才對。」

那名少女走進被提燈照亮的狹小空間。

灰髮嬌小的無徵種。

難以看出在思考什麼的茫然表情。左眼戴了樸素眼罩遮著。

「…………」

似曾相識。

威廉好像見過她。

他好像遇過這名少女。

不，不只如此而已。

他們好像共享了某種寶貴的東西。威廉有印象——

「……唔。」

劇痛湧上，威廉忍不住扶額。

「威廉。」

果然是熟人嗎？那名少女毫不遲疑地叫了他的名字。

「威廉。」

她重複叫了他的名。

「威廉，威廉，威廉……！」

每重複一次，感情便從嗓音流露而出。

少女拔腿奔跑。黑暗中，儘管她被泥土絆到好幾次，還是直直地朝著威廉跑過來。然後——

「終於……找到你了！」

她撲到威廉懷裡。

有溫暖的感覺。

「我以為……會守不住約定。我好怕。」

好似一摸就會骨折的纖弱肩膀，微微地顫抖著。

「……啊～」

威廉不方便推開或摟住她，只能杵著不動。

他有點羨慕周圍那些停下動作的軍人。雖然那些軍人和他一樣跟不上狀況而愣著，至少他們應該不用為這種頭痛欲裂的感覺所苦。

「妳……和我認識？」

先確認現況。如此心想的威廉試著問了對方。

「咦？」

少女抬起臉龐。

「抱歉，但我完全想不起妳的事情。」

「什……」

『什麼鬼話嘛——！』

威廉挨了悶棍。

突然間，他遭到破口大罵，沒有聲音的叫罵聲近在咫尺。

踉蹌欲倒的威廉設法穩住腳步。不知道對方從什麼時候就出現在那裡……不，有隻奇妙生物浮在他眼前，自然得彷彿從一開始就在那裡。

身上有著迷人紅白色鱗片點綴的大型空魚。看來是那樣。不過，牠絕非如外表所見的生物。黑暗中，惟見空魚鮮明地飄浮在眼前，好比只有那裡貼了一層圖像上去。

不用想也知道，這是幻覺之類的玩意兒。

『欸欸欸，我說你啊，再怎樣也不該這麼對她吧！像我這樣要為少女代言，年紀是嫌老了一點喔！儘管我不是人，然而人生經驗豐富過頭，也會給不出為他人設身處地著想的建議喔！我連自己的家人都顧不來了，根本沒有閒工夫對別人家女兒的事情插嘴喔？但我覺得你剛才那樣未免太離譜了，在古時候似曾當過少女的我就是不能袖手旁觀啦！』

幻覺似乎正喋喋不休。

「……啥？」

「紅湖，妳安靜。」

『我怎麼可能安靜這男人算什麼嘛居然對女人始亂終棄典型到極點的人渣跟我從艾陸可那裡聽到的差太多了那孩子是真心崇拜這傢伙耶她把他當英雄史詩中的主角喔為什麼會淪落成這樣啊還說想不起妳的事情開什麼玩笑又不是記憶遭到封印……咦？』

幻覺的快嘴快舌頓時停住。

那條空魚優雅地晃到威廉身邊，還用魚嘴尖戳了戳威廉的額頭。

『哎呀。他的記憶真的被封印了。』

「咦？」

少女眨起眼睛。

「而且極其巧妙地只封鎖了一部分的記憶。在現今的世界，也有詛咒架構技術這麼高明的施法者啊。假如運用得好，這種等級的欺瞞詛咒(Sortilege)說不定可以從世上抹消掉一項概念。能將規模縮小到用於個人身上，這已經不是厲害能形容的了，簡直變態耶！」

「……要是想起過去，我似乎就無法保有自己的人格。因此，對方好像只替我封鎖了與過去相關的記憶。」

『喔，原來如此……咦？』

幻覺靈巧地在半空中後退了。

『你聽得見我的聲音！』

「非我所願啊。」

『不會吧！我現在應該是只有附身對象能看見的可憐魚耶！』

「那並沒有多不可思議。」

灰色少女垂下目光說。

「我跟威廉共同接納了一具魂魄體。雖然沒辦法詳細說明原理，不過那大概就是原因。」

「魂魄體？」

少女並沒有回答威廉的疑問，而是拿下蓋著左眼的眼罩。

原本閉著的眼睛，緩緩地睜開。

眼罩下的眼珠和右眼完全不同，是鮮豔的金色。

「妳的眼睛……」

威廉下意識摸了自己的右眼。

「果然。威廉是另一邊眼睛變了顏色對吧？」

「我不太明白狀況，但妳好像真的很了解我。」

頭痛減輕了一點，而腦袋仍不停受震盪。心臟每跳一下，腦袋就會發出絞痛。

「威廉。我有事情拜託你。」

「我拒絕。」

這個少女是自己重要的某人。而自己對這個少女來說也一樣。威廉可以如此直覺地察覺這點，因此擠出這一句回答，伴隨了莫大的罪惡感。

「聽我說。妖精倉庫要不見了。雖然我已經不是妖精了，可是其他人不曉得以後會怎麼樣。妮戈蘭露出了我以前從來沒看過的無助表情。」
腦袋陣陣抽痛。
「我說過了，我拒絕。」
威廉咬牙撐過疼痛，並且回答。
「我已經決定，不去回想以前的事了。所以，我無法幫妳。」
「……威廉。」
『唉，或許也無可奈何吧。』
幻覺中的空魚明明沒有肺卻發出嘆息。
『封鎖記憶以防止〈獸〉現形。說來容易，但這可是非常費勁的事喔。封印隨時壞掉都不奇怪，一旦變成那樣就不可能故技重施。在那種狀況下，不想牽扯到自己的過去是合情合理的。』
「可是。」
『再堅持就是妳個人的任性了，奈芙蓮。妳想要因為自己，而讓威廉變成完完全全的〈獸〉嗎？』
「…………啊唔。」

被喚作奈芙蓮的灰色少女沉默下來。

她大概還有話想說。大概還有沒發洩的情緒。然而，她把那些全捏在胸前緊握著的小小拳頭裡。

對不起，威廉只在心中向她道歉。

這大概不是道歉就能解決的事。過去的威廉要是看到現在的自己，恐怕會用渾身力氣揍他，打到他連腦袋都飛出去。但即使如此，現在的自己就是決定這樣辦。

『那碼歸那碼，威廉。我要談的不是過去，而是現在的事情，你曉不曉得我們家的艾陸可人在哪裡？』

「我曉得。」

他立刻回答。

剛才奈芙蓮曾經管這個幻覺叫「紅湖」。威廉對那名字有印象。之前艾陸可提過，那是遲早會來接她的家人名字。

「艾陸可在等妳。目前她病倒了，躺在上面的二樓。」

『病倒，咦？』聽似感到不可思議的語氣。『那孩子目前還是屍體吧？』

「把我的記憶封住的人，也把艾陸可身上那什麼詛咒來著的削弱了一點。據說她現在是無比接近於屍體的不死之人。」

『什麼——！』

跌破眼鏡的驚嘆聲。原來如此，連這麼違背常識的存在，都會對艾陸可的現狀乃至於尼爾斯所作的事情感到異常。

「帶她走吧。她也在等親人來接。」

在槍口指嚇下，威廉領著奈芙蓮和紅湖到了艾陸可那裡。

三個人談話的這段期間，威廉都在房間外面。他也沒有偷聽。所以，他對於裡頭有什麼樣的互動一無所知。

經過約三十分鐘，只有灰色少女和紅湖從房間出來了。

『今天我們會先離開。』

原本那麼長舌的紅湖話變少了。

「妳不帶她走嗎？」

『想是想啊，但是當事人要我給她時間。平時那孩子不太會耍任性的，然而一使起性子就真的不聽話了。』

大條空魚發出大大的嘆息。

『初次見面就有求於人也不好意思，不過威廉，再請你照料艾陸可　陣子好嗎？』

「我無所謂，不過那樣好嗎，她是妳主子家裡的千金之類吧？」

『是啊，精簡再精簡的話，確實類似你說的那樣。』

空魚靈巧地對威廉擺出困擾似的臉孔。

「我有反對過。」

奈芙蓮擺了有些不悅的表情。

「我覺得就算用鎖鏈栓到脖子上也該把她帶走。」

『哎，妳那只是在嫉妒吧。』

「誰叫那個女生感覺像貓咪。」

『至少否認一下吧，受不了妳。』

她們在說些什麼？

「我們會再來。」

奈芙蓮只留下那麼一句，就準備離開旅舍。

「喂！妳……妳要去哪裡！」

軍人們追在她背後。

「回去了。這裡沒有危險的〈獸〉。」

「慢著。不許放棄職守！」

「這裡根本沒有我們的職守。這部分應該是交由我判斷的吧？」

「這……可惡，武官在想些什麼啊！」

少女的背影毫不猶豫地快步遠離，軍人們追了上去。

於是，夜晚的入侵者走了。

「……結果，他們是什麼人？」

「我和艾陸可的過去似乎追到這裡了。」

威廉刻意用戲謔語氣，對歪頭不解的亞斯托德士如此回答。

「讓他們回去好嗎？」

「畢竟我根本沒有過去。」

威廉聳肩。

「不過關於她那邊，我就不清楚了。」

他仰望二樓補充。

「艾陸可的家人來接她了，對不對，她本人怎麼說？」

「沒說什麼。她說自己愛睏，就把人趕出去了。」

「她不跟那幾位回去好嗎？」

「誰曉得。真不清楚小孩的想法。」

這並非謊話。但也不是實情。

艾陸可會留在這裡，大概是因為她不想留威廉一個人下來。對此威廉有一半的把握。

他只有一半把握。

「總之因為如此，我們似乎還會在這裡叨擾。麻煩你繼續關照了，老闆。」

「哎，那當然歡迎就是了。」

對此，威廉深深感謝。

亞斯托德士表情尷尬地偏頭。

「我不知道該怎麼說，這是個難題，至少，請你活得別留下遺憾。」

「我也希望能這樣警惕自己。」

威廉用了盡可能輕鬆的口氣來回答。

他沒有過去。所以聽都不聽那個少女拜託就拒絕，應該是正確的判斷。可是，那種正確恐怕會讓少女面臨的狀況確實地惡化。不管怎麼做，心裡都會留下酸楚。

「……這是我聽過的說法。」

「嗯？」

「童話或故事，不是都會固定用『他們永遠過著幸福快樂的日子』來收尾嗎？那是因為角色們只能存在於童話或故事中，他們離現實是最為遙遠的。和魔法寶劍或金碧輝煌的城堡一樣，在現實都是不可能的夢想。『永遠』這個詞有多空虛，我們無意識之中都深深體會到了。」

「呃，魔法寶劍和城堡在現實中不是都有嗎？」

「這個嘛，聽你一說確實也是。」

亞斯托德士被威廉挑出語病，卻好像沒有影響到心情，又思索了一會兒。

他豎著食指說：

「表示我們都無意識地把『永遠』這個詞當成虛構的東西，而且程度更甚於那些有著奇幻味道的小道具啊。」

「是……是喔。」

「同樣的時光不會一直持續。連世界本身都遲早要面臨末日。重要的是接納變化會發生這一點，還有該如何將其活用於迎接明天。無論明天是與今天多麼不同的日子，我們一樣能活下去。而且只要活下去，就能夠追求幸福。」

「……追求幸福是嗎，這番話滿有誠意的。」

「畢竟幸福這東西，並沒有便宜到連無意追求的人都能一手拿下啊。」

亞斯托德士聳肩。

「你們要在這裡待多久都不打緊。不過有某種轉機來臨時，請不要躊躇離開。因為你當下所活的地方，就是你該過活的地方。」

「我了解。」

他為什麼會突然說這些？威廉當然明白。

自己隨時恢復記憶都不奇怪。艾陸可隨時變成區區的屍體都不奇怪。無論怎麼拒絕過去，無論怎麼把握當下，這樣的日子大概都不會持續太久。

要是不接納那一點，在結束時恐怕就會詛咒世界或命運。難道只是想理所當然地度過平穩的每一天都不被允許嗎？自己大概會對此懷著無處宣洩的憎恨吧。

理所當然地度過平穩的每一天。自己大概會輕易就忘記，那是需要多少努力及犧牲的奢侈願望吧。

「我了解啦。」

這種生活應該不會持續太久。可是，這種生活目前仍然持續著。亞斯托德士，還有艾陸可，再加上不知道消失到哪裡去的尼爾斯合力幫忙維繫的生活。

既然如此，現在只要感激他們給的這段時光就好了。

威廉一邊想，一邊將久久擱著的紅茶含進嘴裡。

說來也理所當然，放得太久的那杯茶，味道苦澀得不得了。

†

旅舍周遭開始有軍方監視了。

三班輪替制。人數會依時段有增減，但是有差不多三到四人時時都守著。主要的監看位置有兩處，隔壁農園的石牆死角，還有搭建地點稍遠的公用橋梁監視所。兩邊都隔著用肉眼觀測有困難的距離，因此他們大概也帶了望遠用的監視器材。真是煞費苦心。

要談到煩不煩的話，煩。然而，放著不管也沒有什麼實際的害處。亞斯托德士甚至樂觀表示：「這等於一有狀況軍方就會過來，不用花錢就能防盜賊，想來算撿到便宜了呢。」

從那層意味而言，倒不是不能當成受了軍方照顧，有一次威廉就試著替他們沖了咖啡。對方的臉色很是厭惡。原本他還想設法攀談，問問軍方是基於什麼理由才盯上自己等人，但實在營造不出那種氣氛。

「總不能把人抓來拷問嘛。」

威廉覺得如果要動手，他應該有辦法。

這副身軀練有種種莫名其妙的技術。比如按摩技巧，仿暗殺術的戰鬥法門之類。只要善加運用，想給予對方疼痛，只摧毀其意志和尊嚴而避免破壞肉體應該不難。

當然了，如果付諸實行，現在這種生活就會完全破滅。那樣就毫無意義了。所以威廉決定努力不去在意自己是誰，又為什麼會受到軍方監視，只顧繼續過生活。

怪難受又扭曲的日常生活。

——威廉實際體認到，平穩生活結束的那一刻，正緩緩地朝他逼近。

3．那天早晨

那時候，妮戈蘭面臨了在人生中應該可以排進前十名的重大抉擇。

厚切培根三明治，還有奶燉查摩牛肝。在這樣的早餐菜色中，自己該選哪一種？

這裡的培根三明治好吃是早就明白的事。然而，問題在另一邊。妮戈蘭不曉得查摩牛這樣的品種。肝臟則是因店家不同，味道也會大有區別的食材。整體來說，點這道菜將是小小的冒險。

進食就是讓自己活命。選擇要怎麼吃，形同選擇要怎麼活。

「唔唔唔唔……」

妮戈蘭一臉認真地瞪著早餐的菜單。

†

那時候，菈恩托露可正在想事情。

她一邊有眼無心地望著自己的遺跡兵器，一邊不停忠索著要了斷青春期的煩惱。她們是什麼人？從哪裡來，又要到哪裡去？而接在後頭的，自然會是這樣的問題：她們到底該做什麼？

星神碎片的說法來得太過突然而荒謬，卻又具有無比的說服力。與其說獲得了知識，不如說像是有人代為翻譯了她長年懷在肚子裡的想法而感到舒坦。不過，就算那樣又有什麼用處？

她第一次希望能變得像珂朵莉那樣。那個女生把身為黃金妖精而誕生的理由，還有存活下來的理由通通拋開以後，依然有她想要活著的理由。她找出理由了。她好好地活過來了。菈恩托露可認為自己不應該隨便抱有憧憬，即使如此，她還是會羨慕珂朵莉的堅強。

†

那時候，艾瑟雅正在讀書。

是本感覺廉價的創作小說，跟大書館的藏書並沒有關係。這是她前些日子在街角書店買來的。書名叫《破局的三角》，才剛上市的最新第七集。內容和過去集數一樣，好比通俗當若如此的範本。作品中每個角色都打著「毫無虛假的心意」當大義名分，獻身於橫刀奪愛的坎坷情路。

閱讀這種誇張戲劇化的故事時，反而才能客觀地看待自己——艾瑟雅如此認為。出現在這篇故事的感情關係，幾乎全都會成為悲戀。不能獲得幸福的愛，會以任何人都得不到幸福的形式結束。像這種部分也讓她有奇妙的親近感。

「哈哈。」

書中女主角找到從第一集數來第六個出軌對象了。排第三個的鷹翼(Falcon)族學弟大概是想強調自身特色，每次講話都要在語尾頓一下。

「第六個啊……」艾瑟雅痴痴地笑。「假如相處的時間再多一點，或許我也擠進去了呢……」

†

那時候，葛力克人在十三號島西岸，艾爾畢斯集商國的港灣區。

表面上，他是受僱於科里拿第爾契市富商的操艇士。在背後，他則是為了查清艾爾畢斯國內各商會勢力格局變遷與大筆資金流向的密探。

這份委託來自護翼軍，而且似乎是巴洛尼·馬基希的上級。

既然灰色的小姑娘……奈芙蓮說過「她一個人也沒問題」，葛力克也就不必硬是一直守在她旁邊。既然如此，他決定幫忙做能力所及的差事，就答應下來了。

「感覺不適合我就是了……」

明明自己是心繫於大地財寶的打撈者，為什麼要悲哀到留在天上，還非得監視他人的背影？儘管心有怨言，身為男人總不能拋開一度接下的差事。

葛力克無奈地環顧四周，忽然間，他發現數張令人在意的面孔。有幾個現居科里拿第爾契市的艾爾畢斯系大商人，零零散散地各自來到十三號懸浮島了。

難不成這裡要舉辦什麼大型的聚會？不對，那樣的話應該也會有別島商人的身影。為什麼同一座城市的商人會不約而同地出現……或者，他們就是彼此商量好要撤退來這裡？

簡直像逃離沉船的候鳥一樣。

「……不會吧。」

葛力克有不好的預感。

†

那時候，奈芙蓮正在航向二號懸浮島的飛空艇之中。

「老夫遇到了妳的朋友。」

相貌威嚴的老人不帶笑容地這麼說。

在妮戈蘭出席的那場聚會中，他自稱是護翼軍顧問。其真面目則是創造懸浮大陸的最主要功臣兼永遠的守護者，史旺．坎德爾本人。

仔細一想，與傳奇人物面對面是件很驚人的事。奈芙蓮心裡卻沒有想像中感動。這大概……應該說，這肯定是威廉害的。因為看習慣威廉的關係，她對於高明之人的不高明之處，還有不高明之人的高明之處，感覺都變得麻痺了。

「朋友？」

「老夫沒有問她的名字。是個有著長長藍頭髮，個性較為好強的姑娘。」

「啊。」

那應該是菈恩吧，奈芙蓮立刻就聽出來了。

「她是個好孩子，拚了命地想活下去。」

「？」

奈芙蓮不太懂這個老人在說什麼。活著的人拚命活著是理所當然的。即使是嚴格來講並沒有活著的黃金妖精也一樣。

聽說除了妮戈蘭以外，還有好幾個同伴來到科里拿第爾契。可是自己卻沒有跟任何一個妖精見面，人待在這裡。

「妳果然想見她們嗎？」

「當然了。不過，我也明白你們不想讓我見同伴的道理。」

目前妖精倉庫似乎正受到各方注目，奈芙蓮要是靠近她們，很可能會讓各界勢力得知自己這個特異的存在。那對往後布局難保不會造成莫大的負面影響。

即使如此，假如奈芙蓮耍脾氣說無論如何都要見她們，或許還是可以偷偷見個面。不過，菈恩及艾瑟雅也就罷了，她覺得緹亞忒和菈琪旭不太可能永遠把這件事藏在心裡。不對，就算她們藏得住，奈芙蓮也不太希望讓那兩個孩子懷著如此沉重的祕密。

「既然她們過得好，那就夠了。」

『唔唔唔，妳好堅強。阿姨聽了有點想掬　把淚。』

奈芙蓮揮手趕走趁機冒出來的空魚。

窗外遠遠地可以看見用黑水晶打造的花盆飛在天空。

「……難道說，那個有趣的物體就是二號懸浮島？」

「沒錯。」

「你說有想要讓我見的人，就在那裡？」

「沒錯。雖然那倒不是人。」

奈芙蓮在書上讀過。那是在這座懸浮大陸群上，少數殘留的祕境之一。又稱「世界樹之髓」，據說其內部藏著關於整座大陸群的祕密。

『哎呀，懷念的氣息。那傢伙又窩到稀奇古怪的地方啦。』

空魚的聲音出現在耳邊。奈芙蓮再度揮手趕魚。

†

而那時候，威廉和艾陸可正一塊出來採購糧食。

科里拿第爾契市醒得早。

其元凶之一，就是晨間的糧食市場。眾多攤販擠滿了好幾座廣場。店面排放著琳琅滿目的新鮮商品。豆子店，蔬菜店，沙拉店，肉店，薯店，蛋店，麵包店，冰店，雞肉店，辛香料店，發酵品店。還有數量不遜於商家且充滿活力的客人。

威廉將目光落在手上的購物便條。今天得多買一點食材回去。之前他們都毫無計畫地亂逛就不太有效率，稍微動腦再行動似乎會比較好。

「欸，欸，**威廉**！那是什麼，是吃的東西嗎？」

艾陸可拽了他的袖子。

她用手指著的，是擺著各色石頭的小攤子。

「與其說是吃的東西，倒不如叫食器。有一部分的爬蟲族會把那個吞進胃袋裡，將吃到肚子裡的東西磨碎，好代替用牙齒咬。」

「哦～」

艾陸可稀奇似的眼睛發亮。

「先告訴妳，別打著自己也想試的主意。種族之間隔的那道無情高牆，在生理機能方面可是特別厚。」

「咦～」

艾陸可一臉遺憾，不過這檔事就算她再怎麼哀求，威廉也不能讓她試。若有不慎就會吃壞肚子。更慘的情況下還會出人命。

「要不然那個呢，那是什麼，我也可以試嗎？」

「那就跟妳看到的一樣，只是木頭。跟我還有妳的胃袋都合不來。」

「咦～」

雖然艾陸可口中發出了遺憾的聲音，目光卻立刻轉向市場尋找下一項有趣的東西。看來最好趁她還沒發現太奇怪的玩意兒前就把事情辦完。

「啊。」

「咦？」

威廉剛那樣想，艾陸可的視線頓時就停住了。

她看的並不是市場裡的攤販，而是市場外。一間有店鋪的帽子老店。循著艾陸可的視線仔細一瞧，可以知道她凝望的是擺在店面的寬邊大帽子。

「嗯？怎麼，妳想要嗎？」

艾陸可現在穿的衣服，據說是亞斯托德士的女兒小時候穿過的。而且，她目前也順便借了顏色與其相配的帽子。

那套衣服十分適合這個嬌小的少女。合適歸合適……不過正因為如此，假如她本身有打扮的意願，威廉也希望能順她的意。

「咦……不……不是的。」

「用不著客氣啊，帽子我還買得起。畢竟平常不太用錢，薪水算存了不少。」

「不是那樣，真的，你真的誤會了！」

艾陸可猛搖頭。

「是嗎。」

雖然有點遺憾，但她否認得這麼清楚也只好作罷。威廉放棄了。

「那我們別閒晃，把東西買一買吧。」

「嗯……」

兩人又在人潮中邁步。

艾陸可緊跟在威廉後面，卻不時會回頭。怎麼看都有滿滿的眷戀。

照這樣看來，之後偷偷買來送她才是上策吧，威廉如此盤算。要單獨行動而不被艾陸可發現似乎頗有難度，但應該值得一試。

忽然間……威廉無心地望向天空。

可看見有艘中型飛空艇正緩緩地停留在天上。

那本身並不算稀奇事。科里拿第爾契原本就是靠交易繁榮起來的城市。之於港灣區當然也是一樣，隨時都有眾多飛空艇進進出出。無分日夜，沒有東西飛在天上大概才稀奇。

然而，目前飄在天上的那艘飛空艇卻讓威廉莫名介意。

有地方不對勁。他沒辦法說明自己察覺到的異樣感。

比方說，停留的高度特別低。雖然還不至於撞上建築物，但是能讓人看出船腹部所寫的隸屬組織名稱，這種高度就有點異常了。

還有，威廉看見的那個組織名稱也不太尋常。

滅殺奉史騎士團。

讓人忍不住重複確認的荒唐名稱。

而且不知道為什麼，威廉覺得好像在哪裡聽過。順帶一提，他的頭好像也有點痛。難道那跟自己的過去有關？不會吧，希望自己可不要曾經隸屬那種名稱丟臉的組織。

「**威廉**，你怎麼了？」

望著天空的他似乎沉溺於思考了。被艾陸可拉了袖子才回神過來。

「呃，沒事啦。」

威廉將目光從斜上方轉到斜下方。

「走吧。要是動作太慢沒買到好的肉，亞斯托德十八成會失望。」

「說得對喔。」

啊哈哈哈——兩人對彼此笑了。

爆炸聲。

「——啥。」

威廉反射性地再次將目光朝上。可以看見那艘飛空艇的下半部，咒燃爐所在處附近，正洶湧地冒出黑煙。

間隔一拍，有人發出尖叫。

又隔了一拍，眾人發出尖叫。

後來不到幾秒鐘，恐慌便爆發了。飛空艇失去平衡。航行能力明顯受損。任何人都看得出它應該會墜落。

艾陸可差點被人潮沖走。

「別離開我身邊！」

「好……好的！」

威廉伸手。指頭相觸。他們手牽著手，把彼此拉回身邊。

然後，威廉重新仰望天空。

黑煙越來越猛烈，飛空艇加速傾斜，負荷不了重量的船身開始扭曲變形，地上的尖叫聲越來越大。

威廉看見了。在飛空艇後方，普通艦艇會積載用於平衡的壓艙櫃附近，開了一大道裂縫。而且，從中有某種顯然不是沙礫或麻袋的**東西**，陸續被拋到天空。

那是什麼？

逆光下看不清楚。只能認出隱約輪廓。

整體而言，形狀像繩索。如果硬要形容，則近似蟒蛇。然而，代替鱗片長在其身上的，似乎是無數的長毛狀物體。

異常的生物。不對，連能不能稱為生物都無法確定的玩意兒。

而且，像是從肚子裡逆流出來似的，威廉想起了它的名字。

「不會吧……那是……」

艾陸可看了同樣的東西，似乎也想到了相同的可能性。

沒錯。那是自己熟知的玩意兒。理應被銘刻於記憶而無法忘掉的玩意兒。就算記憶被封鎖，心靈及全身仍有意想起。在遙遠夢境中，曾奪去自己過去一切的玩意兒。

「穿鑿的……第二獸……」

威廉茫然嘀咕。

4．勇者的資質

〈十七獸〉對所有活著的生物來說，是窮凶惡極的威脅。

這被視為當然的常識而眾所皆知，不過具體上，〈獸〉是什麼樣的存在，便不太為人知曉。

主要理由有二。一是它們本來就充滿謎團，無從得知任何的詳情。二是遇見它們的人基本上都無法活著回來，因此還活著的人必然大多沒有實際接觸過〈獸〉。

換句話說。

生活於現代的人幾乎全都沒有想像過，遭受那種東西攻擊是有可能實際發生在自己身上的現實。

即使換成護翼軍的軍人，狀況也不會有多大改變。隸屬軍中的人絕大多數都沒有直接看過〈獸〉，先不談心理準備，那樣實在不能說是熟於應對。

況且〈獸〉本來就不會飛。頂多只有〈第六獸〉在滿足條件的情況下能**飄上天**。因此只要沒有刻意降落在大地，就不會目擊其他的〈獸〉。這表示，關於〈第二獸〉的知識，還有對付它們的技術，在天上都致命性地不足。

護翼軍司令總部正處於嚴重的混亂當中。

左右都有關於災情的報告傳來。〈獸〉來襲導致的災情占了一半，剩下另一半是居民陷入恐慌所引起的事故及事件。

而且，兩邊恐怕各有過半的消息屬於謠言或假話。在所有人都彷彿身陷惡夢的此刻，根本無法期待像樣的情報。但即使如此，只要有報告傳來，軍方就非得採取動作……抱著這種想法行動的正經軍人們使混亂火上加油。

「這下子，是不是該我們上場啦？」

艾瑟雅一邊「呼啊～」地冒出呵欠，一邊揉眼。

即使待在這裡，也幾乎無法得知外頭發生了什麼。能知道的頂多只有〈獸〉降落在島上了，還有根據目擊情報似乎可判斷來者為〈第二獸〉。

記得妖精倉庫的資料室裡，就堆了還算詳盡的〈第二獸〉資料。不過，因為沒料到會突然跟它們交戰，都沒有人認真讀過內容。唯一的例外是奈芙蓮，資料再無聊都會細細熟讀的她，已經不在了。

雖然在對付〈獸〉的戰鬥中，眾人一向都缺乏情報，算不上多大問題。

「以我們的戰場來說，這次滿不合常態就是了。假如有人初次上陣，會有點不安耶。」

「是啊。」

身穿睡衣的緹亞忒，被艾瑟雅及菈恩托露可用兩人份的目光看著，迷迷糊糊地發出了「咦？」的聲音。

「我……我也要去！請妳們讓我去！」

菈琪旭急急忙忙地把替換衣物推給緹亞忒，並且奮勇舉手。

「不行喔。」

妮戈蘭搖頭。

「妳連適用的遺跡兵器都還沒決定好耶？」

「要劍的話，我們不是有嗎！」

妮戈蘭為之語塞。的確，要劍是有。

瓦爾卡利斯、希斯特里亞、伊格納雷歐。除了三名妖精的三柄聖劍外，被妮戈蘭帶來當護身符的最後一柄劍。不可能有人駕馭得了那柄劍，因此真的只能當護身符來用才是。

如今，從妮戈蘭的特大號行囊仍可看見它露出來的劍柄。

「可是。」

「我總覺得光等待好苦。心裡會七上八下的靜不下來。或許……我幫不上什麼忙，但我不會礙到大家的！」

妮戈蘭的胸口微微抽痛。

「不可以。妳連調整後的基礎訓練都沒受過，我不能讓這樣的孩子胡亂犯險。妳能駕馭那把劍，終究只是測試時的事。不代表在實戰就能順利駕馭它吧？」

「可是！」

菈琪旭將音量拉得更高，於是——

「幾位小姑娘，失禮了。」

有男子從旁出聲插話。

轉頭看去，有幾個穿著筆挺西裝的男子站在那裡。從中向前一步的，是整張臉笑吟吟的豚頭族。若是仔細觀察，可以發現在對方西裝底下，全身到底都纏著繃帶。

「你是……艾爾畢斯的說客！」

妮戈蘭的聲音瞬間充滿了怒火。

「噫！」

「妮……妮戈蘭小姐，在這種地方碰見妳真巧。」

當男人們全被嚇壞時，豚頭族仍設法穩住陣腳。

「大難似乎來臨了，不是嗎？我在想是否能為妳盡綿薄之力，才會過來拜訪。」

「虧你還敢睜眼說瞎話……！」

艾爾畢斯的人，將〈獸〉祕密運來了這座島。妮戈蘭是這麼聽聞的。換句話說，這些騷動有可能全都出自這群人的安排。

此時此刻，街上應該已經有眾多的人遭到殺害。護翼軍及市府兵力大概正為了對抗來敵而採取行動。然而用一般的槍砲軍械對付〈獸〉，根本效果薄弱。何況混亂如此嚴重，想來更不可能獲得像樣的戰果。

「這當中似乎有某些誤解，那場騷動並非出於我們之手。根據目擊者所說，好像是這個城市的犯罪集團，叫滅殺什麼來著下的手。」

厚著臉皮說這什麼話？

光看眼神就曉得，對方分明在撒謊。

「請妳別擺那麼恐怖的表情。今天呢，我是純粹懷著善意來相助的。」

豚頭族揮揮纏著繃帶的手，大概是在強調自己沒有敵意。

「恕我直言，護翼軍目前能出動的正規戰力，應該不是它們的對手。不過呢，載著我們兵器的艦艇，今天碰巧停泊在港口。」

他似乎說到這裡才想起來，「當然，我們是依正規手續把東西帶來的喔。」便刻意如此補充。

「我在想，請務必讓我們動用帶來的兵器，為妳們討伐那些敵人。」

「怎……」

妮戈蘭了解，在這座都市出動其他島嶼的軍隊象徵著什麼。只要是稍微讀過史學的人，就不可能不明白。

「那種事情怎麼可能被允許！按照懸浮大陸群憲章，那會成為護翼軍的制裁目標才對！」

「不不不，這話就錯了。」

豚頭族笑得整張臉咧開來。他就是為了講這一句話，才會專程過來……特大號的笑容彷彿正如此透露。

「因為我們已經和護翼軍高層談妥了。」

「……咦？」

「啊，還有。雖然我想奧爾蘭多商會立刻就會跟妳聯絡，不過，出於好心，就先告訴妳吧。」

豚頭族假惺惺地像是想到才補充。

「有關妳們的部署以及解散那個小屋的事情，連同具體期程在內，都已經決定好了。當然，關於今後要如何處置該處收藏的**軍備品**這一點也是。」

「不……會吧。」

「啊，請別露出那種臉。無徵種的表情實在不好辨認，但只有痛感無力時例外。因為太容易懂了，一不小心，我就會忍不住笑容。」

他張開雙手，將不知道從哪裡掏出來的手杖轉了一圈，然後將同樣不知道怎麼變出來的絲質禮帽戴到頭上。

「因為如此，妮戈蘭小姐，目前這座城市是我們的舞臺了。所以呢，我想妳現在最好不要擅自出動妖精們。

妳那些寶貝人偶離開妳的手以後，會受到什麼樣的待遇……聰明如妳，應該明白當下該怎麼做吧？」

豚頭族這麼說完以後，雖沒有高聲大笑，但他仍一邊露出嘲諷味相近無比的背影，一邊帶著男子們離開，前往司令室了。

「……哎～沒想到護翼軍的高層這麼腐敗耶。」

艾瑟雅嘀咕，緹亞忒「咦？」地抬起臉。

「他們可能不知道對方會使出這種霹靂手段，就先簽了契約呢。原本只是想趁職務之便撈點油水，一回神才發現沒退路了，事情給人這樣的感覺。」

菈恩托露可補充，緹亞忒「咦咦？」地看向她那邊。

「那就表示，艾爾畢斯的人有自信將現在作亂的〈獸〉帥氣地打倒，對不對……總覺得不甘心，不過那樣大概也好。」

菈琪旭落寞地這麼說完，緹亞忒就「咦咦咦咦咦咦咦！」地放聲大叫了。

「菈琪旭，難難難道妳聽得懂剛才那些話嗎！」

「是……是啊。我聽不懂太難的部分，但是，我想我大致可以理解……」

「不懂的只有我嗎！」

「沒……沒關係啦，妳冷靜點，我現在就說明。」

菈琪旭安撫好像激動得隨時都要揪住她的緹亞忒，然後又說：

「呃，妳聽過艾爾畢斯國吧。位在十三號懸浮島，像鄰居一樣只跟這裡隔了一小段距離的國家，他們屬於都市國家就是了。」

「嗯，就是在『艾爾畢斯之火與彼特士之影』演到的，那個只會使壞心眼的國家吧？」

「是那裡沒錯，不過妳先把映像晶石的印象忘掉。然後呢，那個艾爾畢斯國……大概想發動戰爭吧，雖然這是我猜的。」

「為什麼？」

完全不懂的臉。

菈琪旭瞄向艾瑟雅。

「戰爭就像魔法一樣，有暫緩國內問題的效果喔。」

收到目光的艾瑟雅接著說明。

「我打個比方好了，就算跟鄰居感情再怎麼糟，在或許會有外敵拿斧頭來犯的時期也沒空吵架嘛。而且，就算窮了一點又吃不飽，在不殺人就會被殺的情況下也沒得抱怨。有外敵，就可以模糊自己人的問題。」

大概因為這實在不是愉快的話題，艾瑟雅一邊說明，一邊稍微繃緊臉孔。

「然而一旦變得和平，原本擱置的問題就會全部跑回來。外頭的敵人不來，怎麼樣都會想起自己跟鄰居感情不好。這種情況下，解決方式只能二選一，不是跟鄰居開戰，就是跟其他外敵開戰。」

「……就沒有人想到要好好相處嗎？」

「有啊，只要找到下一場戰爭的對手就可以了。

以往一直都是〈第六獸〉在扮演那個角色。所以，懸浮大陸群整體上是可以好好相處的。不過……現在變成〈第六獸〉暫時不會再出現，有些國家就想起自己對誰看不順眼了。當中立刻付諸行動的就是艾爾畢斯嘍。

他們的作法也相當巧妙。光是修理鄰居，自己會變成威脅懸浮大陸群和平的存在，進而被當成新的外敵。所以他們換了方式。

先從外頭引敵人到鄰居的院子裡作亂。自己再到頭疼的鄰居院子裡，俐落地把敵人解決。鄰居就會心存感激，並且自願當小弟。可喜可賀可喜可賀。」

啪啪啪啪啪，艾瑟雅草率地拍手。

「表示反派明明是那些人自己找來的，他們卻還扮成救星賣人情給別人嗎！」

「哦。正是那樣沒錯。妳理解得好快。」

「可……可是，當救星是護翼軍的工作吧！其他人應該不能擅自接手。」

「所以嘍，他們先磨掉了對方的骨氣。原本該成為救星的護翼軍不中用，自己就可以帥氣地大顯身手，藉此將護翼軍以往建立的信賴連根拔起。」

「可是……那樣的話……」

緹亞忒似乎疑問都沒了，便沉默不語。

艾瑟雅和菈琪旭看到她那樣，也都跟著沉默。

「妳們在這裡啊。」

「灰岩皮」踏著與壯碩體格不相襯的腳步，無聲無息地從走廊上趕來。

「妮戈蘭。讓妖精們回房裡。」

「……嗯，我明白。」

妮戈蘭嘀咕似的答話。

「請等一下。難道你們要屈服於剛才提到的陰謀嗎！」

菈恩托露可闖進兩人之間。

「沒錯。那是高層的命令，同時也是為了用最低損害來克服眼前危機的一步棋。」

「可是要讓那些人期望落空，只有將結果導向『勉強出動兵器並未獲得期望的戰果』才行。再說，我們現在出動，或許也能替街上多減少一分損害。」

「用那種方式，在妳們之中或許就會造成不只一分的損害。」

妮戈蘭的嗓音簡直像貓咪畏懼時的啼聲。

「以往派妳們作戰，是因為別無他法的關係。因為除了妳們以外，誰都無法上那樣的戰場。要不是那樣，我絕對不會讓妳們犯險。可是……」

她的目光稍微恢復了一點英氣。

「這裡並不是那樣的戰場。而是由那些人來安排，由那些人來作戰，由那些人來贏取獵物的狩獵場罷了。妳們根本沒有理由非得為了那種自私自利的事而賭命。」

「那表示一切都會如他們所願喔，妳想靜靜地坐視妖精倉庫被毀掉嗎？」

「哪有可能呢。我會抵抗到最後一刻。不過，那是我的戰鬥。妳們不應該為此流血。」

「嗯。」

另一邊，則有灰岩皮擺著看似冷靜的臉孔微微地點頭。

「我要問一句。此刻，可有風吹到妳們心中的空洞？」

「……什麼？」

很久沒有讓人聽得滿頭霧水的蜥蜴用詞發威了。

「身為一把兵器，就不會自己挑選戰場。若有自己所求的戰場，就非得成為戰士。握著劍柄的指頭，拿穩兵器的手臂，都必須有風寄宿其中。」

「……呃～？」

嗯。果然完全聽不懂他在講什麼。

「艾瑟雅。」菈恩托露可用手肘頂了旁邊朋友的側腹，小聲地問：「妳知道一大堆稀奇古怪的小知識，聽不聽得懂他說什麼？」

「我才想說呢，菈恩。」對方同樣小聲地回話：「妳不是連古代語言都有學嗎？尤其是在異文化交流這方面，妳比我更適任啦。」

「我那只是自娛而已，端不上檯面。像現在根本就幫不到忙。」

「我也完全聽不懂，早就舉雙手投降啦！」

「……呃，灰岩皮……一等武官。」

緹亞忒無視於年長妖精推託的難看模樣，並且向前半步。

「我們都很喜歡這座城市。這……不能算理由嗎？」

「若妳們命喪此地，下一塊遭受敵人威脅的土地就會傷得更深。妳可理解？」

「我……不太確定。」

「哦？」

「可是，假如珂朵莉學姊在這裡，我想她肯定會這麼說：我才不管下一個地方。因為妖精兵就是要為重視的事物而戰。無論有什麼理由，我絕對不要在這種危急的時候逃走……！」

妮戈蘭倒抽一口氣。艾瑟雅冒出「唔哇」的怪聲。菈恩托露可默默地睜大眼睛。在場只有菈琪旭不顯得訝異。

「追逐戰士背影之人，遲早也會成長為一樣的戰士嗎……」

或許是因為觀者有心吧，灰岩皮欣慰似的從喉嚨裡發出咕嚕嚕的聲響。

「我准許妳們出擊，但是別逞強。」

「一等武官！」

妮戈蘭尖叫似的自顧自扯開嗓門。

「沒辦法。硬是把人留住，假如她們要硬闖也莫可奈何。」

「話是那麼說沒錯……」

「更重要的是，這個年幼的戰士確實喚起了她的風。」

爬蟲種用巨掌輕輕地摸了緹亞忒的頭髮。

「無人攔得住風，也無人有權攔住風，如此罷了。」

†

如同先前對當事者所說的，她們把菈琪旭一個人留下來看守。

被妮戈蘭使勁擁抱的菈琪旭臉色發青，菈恩托露可、艾瑟雅和緹亞忒就在她的目送下飛向早晨的天空。

從上空俯望，她們才發現來科里拿第爾契市以後，一次都還沒有飛到天上過。與平時用不同的角度觀察街容，好比**耍詐**用了某種手段偷看後臺那樣，給人奇妙的亢奮感。像是快快樂樂地讀完一本書以後，把那放回整理有序的書架上，遠遠地凝望其書背……如此不可思議的感覺。

可是，高度稍微降低，就會看出那樣的街容受到了損傷。

彷彿遭到橫掃而倒毀的建築物。在那中央有一艘墜落的飛空艇。此外，還有血流滿地倒在周圍的稀疏人影。血紅之人，血藍之人，血接近無色之人。各色種族的各色屍骸，像壞掉的人偶一樣倒在街頭各處。

……客觀而言，景象甚為悲慘。

妖精族對死亡的恐懼心薄弱，連帶地對於和死亡有關的事件或情景也不至於多厭惡。即使身邊躺著再多屍體，她們也不會因此感到害怕。

話雖如此，她們看到眼前充斥不合理的死亡，心裡照樣會火大。

「啊～！那邊那邊！傳聞中的新兵器！」

緹亞忒慌慌張張地用全身表達她有大發現。眾人將目光轉向她指的地方。

眼底下的大街，可以看見有巨大的金屬甲冑在走動。

感覺能裝進兩到三個像「灰岩皮」那種壯漢的特大號甲冑。莫非裡頭是巨人族？然而從生硬的動作來看，似乎並不是那麼回事。

有幾隻〈第二獸〉察覺甲冑的存在，就撲了上去。它們利用無數纖毛瞬間爬到甲冑腳邊，然後像沼地的水蛭那樣黏住小腿。可是，硬化後連鋼鐵都能貫穿的體毛卻被甲冑表層輕易地彈開，〈獸〉隨即摔在石版道上，間隔一拍，巨大戰鎚就將它打成兩半。

「感覺……比預料中強很多耶。」

「是啊。我完全有同感。」

直到剛才，艾瑟雅和菈恩托露可都以為艾爾畢斯那些人只是自認有本領就驕傲起來的傻瓜。她們認為對方屬於不熟悉〈獸〉，卻毫無根據地堅信自己有高強本領，只要打一場就必定會贏的那種人。

然而，狀況似乎和她們想的不一樣。

那種金屬甲冑的表面，隨時都有催發出的強猛魔力保護。還有他們用的戰鎚也是。尋常方式無法摧毀〈獸〉。假如不用帶著強大魔力的攻擊使其身體組織失調，傷害就無法正常傳達。那就是討伐〈獸〉得併用黃金妖精與遺跡兵器的理由。

可是，那種金屬甲冑持續發揮的魔力，卻能匹敵手持遺跡兵器的黃金妖精。

「那種新兵器，真的有可能變成對付〈獸〉的王牌呢……」

令人在意的是，這種甲冑所用的魔力來自何處。

魔力與生命力相反，越接近死亡的人越能催發出強大魔力。假如那種甲冑是沒有人穿戴的機械裝置，那它們根本就不可能使用魔力。可是，穿上那種尺寸的甲冑還能正常活動的強壯種族，生命力總不會委靡到足以動用那樣的魔力。

（……這種威力，甚至可以比擬妖精鄉之門打開時的力量……）

由黃金妖精這種不穩定的存在將魔力催發到超出極限所發生的自爆現象。該現象被稱為「妖精鄉之門」。門一開，便能得到名符其實的爆發性魔力，只要直接承受到那股熱量，無論哪種〈獸〉都會蒸發。

那應該不是靠技術或花在材料上的工夫就能重現的現象。

（究竟是什麼原理……）

這並不屬於思考就能得到答案的問題。反正八成是遠超出外行人理解的高超技術產物。即使如此，菈恩托露可仍忍不住思考。

從金屬甲冑的右手肘一帶，可以看見有某種像光粒的東西湧出。

感覺好像在哪裡看過那種光。還來不及回憶是在那裡，有隻〈獸〉就纏上甲冑的右臂，並將無數體毛化成針扎入裡頭。

魔力的防禦性不夠。無數尖針貫穿了應為鋼鐵製的裝甲，使其脆化，再加以扯裂。

「啊……」

甲冑中的物體外露。連遠遠飄在天空的菈恩托露可都能清楚看見。有和先前一樣的大量光粒。

而在光粒之中。

還有某種柔軟的水藍色物體。

「……咦？」

剛以為看清楚的下一個瞬間，那些全變成光粒迸散了。

金屬甲冑失去一邊手臂，仍然沒有停下動作。左掌重新握緊戰鎚握柄以後，它就像感覺不到痛癢似的，出手將剛才扯斷右臂的〈獸〉搗爛。

「剛才——」

菈恩托露可只有看見一瞬間。

只是一瞬間，她就可以推測那是什麼了。

只憑一瞬間，她還不敢篤定那是什麼。

「難道說。」

那肯定是為這種自動甲冑奠定強大實力的零件。機密中的機密。假如那跟她剛才想像的一樣，這種甲冑為何能催發並操控如此巨量的魔力，就能輕易得到解釋。

——難道說。該不會真的是那樣。

不，可是那樣一來，就完全違反大陸群憲章了。即使他們近期內將獲得那樣的權利，那些人目前仍未獲准嘗試**那種事**。

現實與想像。希望相信的事與不希望相信的事。兩者在腦裡亂成一團，使得菈恩托露可的腦子有那麼一瞬間，變成了一片空白。

†

那時候，威廉比菈恩托露可和那種金屬甲冑靠得更近。

而且，他人就在能將右臂斷面看得更清楚的地方。

因此連甲冑中的東西化為光粒碎散的那一瞬間，威廉都全部看見了。他得知了一切。

金屬甲冑的右臂當中，裝著一個身體被無數捻線固定在甲冑鉚釘上的少女。

亮眼的水藍色頭髮。既無角也無獠牙，無徵種的外貌。

她被罩著黑色的面具，看不見長相。

她全身淡淡地發著光芒。

全身都讓〈第二獸〉刺穿了。過度催發的魔力脫序失控。兩項致命要因。一眼就能看出她已經回天乏術。

光芒變得格外強烈。

迸散。消失。

少女的身影不復存在。從這個世界永遠消失。

突然間，熟悉的劇痛湧上威廉腦袋。

——假如……我是說假如喔？

——萬一我再過五天就會死，你能不能對我溫柔一點？

有聲音。

聽得見理應裝箱上鎖，深深沉在內心底部的聲音。

——因為我就快要不在了。至少，我也希望自己不用消失，也想讓別人記住，我也想留下羈絆啊。

「啊……」

記憶蒙著霧靄。

威廉無法順利想起那道聲音的主人，那的少女的面孔。

要求自己不去回憶的強大意念，正在妨礙記憶復甦。

——既然這樣，你會不會烤奶油蛋糕？

那傢伙有著蔚藍澄澈的頭髮。

眼睛是海一般的深藍色。

明明個性不坦率卻又直腸子，明明都把自己的事情排在後面卻愛耍任性，儘管是個莫名其妙的傢伙，她本人似乎也對那樣的自己感到困惑，換句話說，是這陣子才有人讓她變成那樣的。

——等……等一下，會痛，好難過，沒辦法呼吸，我會不好意思，我身上都是泥巴又到處都是擦傷又沒有洗澡而且大家都在看，喂！你有沒有在聽啊！

不對。

剛才一瞬間看見的水藍色，跟記憶中的天藍色不同。

剛才在威廉眼前消失的性命，並不屬於那傢伙。

這是當然。那傢伙早就不在了。

——對呀……對呀……我非常，努力喔……

威廉曾想讓她幸福。

他曾想緊緊抓住那樣的心願。

他曾想忘記過去，只考慮現在與未來的事。

那時候，也跟現在一樣。

如此希望的下個瞬間，無論是現在，還有心裡想要的未來，兩邊都沒了。

——謝謝……你。

所以說，剛才的水藍色不是她。無庸置疑。

那完完全全是別人，是別的妖精才對。

然而，要成為導火線綽綽有餘。威廉已經想起來了。

珂朵莉·諾塔·瑟尼歐里斯。

曾希望自己不在以後，還能被別人記得的少女。

「混……帳……」

忍不住脫口的咒罵，為誰而發？

罵的是忘了她的自己？

不那樣就無法保住自我意識的自己？

由於取回了記憶的碎片，如今差點無法挽救的自己？或者說，以上皆是？

「**威廉**！」

艾陸可趕來。

「妳別過來！」

「不要緊，周圍已經沒有那種〈獸〉了。」

「不是那樣的！這裡就有一頭！」

皮鞋鞋底微微發出「嘰」的聲響，艾陸可停下腳步。

「**威廉**，難道你——」

「勉強撐得住。趁現在，大概勉強可以折回去。」

威廉呻吟似的回答。尼爾斯·迪戴克……威廉完全無法理解為什麼那個混帳加三級的師父會一臉理所當然地在現今之世活了下來……他所施的封印既強大，而又具有韌性。

威廉·克梅修早已經變成純粹的〈獸〉。不知道是心靈或者靈魂和〈最初之獸〉身上脫落的執迷交雜揉合，才讓他的肉體變質。儘管外表幾乎沒變，內在卻已脫離正常生命的框架了。

尼爾斯的封印，就像讓杯中的奶茶區隔成紅茶和牛奶並維持穩定的魔法。

由於兩者狀態穩定，稍微搖晃不至於打破其均衡。只要沒有主動拿茶匙伸進去攪和，剛才想起的記憶遲早會淡化，然後消失才對。那樣一來，所有事都能恢復成像前陣子那樣。可以回到在那間旅舍所過的悠哉生活。

沒錯。現在還能折回去。只要威廉自己有那種意願。

「**威廉**。」

「妳別過來。」

威廉起身。

他輕輕地在全身上下敲了敲，確認自己身體的狀況。大致上沒問題。仍閉著一邊眼睛的視野狹小，腦袋裡依舊有大鐘不停撞響。但四肢可以活動。骨頭和肌肉的結構也與人族無異。他吸氣再吐氣做確認，肺臟和橫膈膜似乎也一樣。既然如此，過去以人類軀殼使用的整套武技應該照樣使得出來。

「等等。」

「回到紅湖伯身邊，艾陸可．霍克斯登。」

「謝謝妳陪我遊蕩到今天。因此，到妳該去的地方吧。」

威廉轉身，並且開口將對方甩開。

「這種事……」

「——拜託妳，聽話。」

他回頭「咯咯咯」地笑了出來。

「接下來這段路，我實在不能拖別人下水。」

「**威廉！**」

威廉不回答艾陸可的呼喚。他重新轉向前方。

我是什麼？威廉如此思索。

人族。前準勇者。無專用聖劍。

護翼軍的二等咒器技官。但純屬虛銜。妖精倉庫的管理員。

世界早在以前就走到盡頭了。

勇者的故事也早在以前就完結了。

而我現在——在這裡……做些什麼？

威廉能保有自我的時間所剩不多。這段期間內，他非得處理掉自己可完成的所有事情。根本沒空眷戀。

同種族之間大概用了某種方式在分享「有棘手敵人」的情報。先前疑似四散街頭的〈獸〉正陸續聚集到金屬甲冑的周圍。

而且，金屬甲冑每次揮動戰鎚，〈獸〉的數量就會少一頭。縱使數量有差距，力量對比顯而易見。〈獸〉是壓倒性強大且不合理的敵人，但壓倒性魔力是少數可以對抗那種不合理的手段之一。只要魔力能有效運作，就算反過米將〈獸〉壓著打，也絕無不可思議之處。

在那套過程中，〈第二獸〉的身影消失殆盡了。

「真強。」

威廉大致可以想像那套高大的金屬甲冑是什麼來路。

某個軍隊組織製造出來的，用於對付〈獸〉的新兵器。隨時可以將熱量驚人的懸殊魔力發揮在攻防雙方面，即使不用聖劍增幅也擋得住〈獸〉的攻勢，還能反過來發動有效的攻擊。原來如此，假如能穩定運用這玩意兒，與其讓不穩定的少女們拿劍，它應該會是更好使喚的兵器。

老實講，真的有一套。要是沒發現裡面裝著什麼，威廉或許也想擺一台在家裡。

「研發這東西大概很費事吧。假如在打通管道前敗露出去，相關人員當天就得進牢房。」

威廉覺得主使者應該訂定了周詳的計畫。

他認為那應該投入了漫長時間與鉅額的金錢來仔細籌備。

感覺研發計畫本身會有個充滿浪漫情懷的代號，這具機體應該也取了帥氣得有模有樣的識別暗號。

以前他好像也曾懷有類似的感慨。而且當時自己毫不猶豫地摧毀了他人的心血結晶。這次亦然。

「抱歉。像你這樣的兵器要是實用化，會有點困擾。」

威廉摘下右眼的眼帶，將金色眼睛完全睜開。

只見視野和整片惱人的灰色重疊在一起。

（……我體內的〈獸〉大爺正火冒三丈呢，是吧？）

破壞消滅還原回歸瓦解——強烈的破壞衝動，透過無數詞彙湧上。不過，只要事先有心理準備，還是能與之對抗。只求五分鐘時間的話，他依然可以保有威廉・克梅修的意志來使喚這副身軀。

鶩贊崩疾。威廉朝前方全力**墜落**，一舉拉近和金屬甲冑的距離。

（唯獨此刻，我也持相同意見。這傢伙就是得化成沙子。）

金屬甲冑似乎將接近的威廉認作敵人了。超乎常識的臂力，使戰鎚以驚人速度橫掃而來。間隔短短的一瞬，強大風勁便跟著戰鎚呼嘯吹過。

（真嚇人。）

威廉一邊觀察自己隨風搖曳的瀏海，一邊踏出預先蓄力的腳步。敵我相隔單步多，絕佳的間距。他縱身至半空，側翻一圈，順勢以迴身的力道直接出掌打在甲冑的關節。

啪滋，好似油從鐵板上濺起的聲音。瞬間增壓的爆發性魔力想強行將血肉之軀的手掌震開。皮融肉焦的劇痛。但威廉理都不理，硬是用手掌直接將甲冑打穿。

他把手肘伸進甲冑，抓住位於其中的物體，並且一邊將無數捻線扯斷，一邊將那拖出來。

蒲公英髮色的年幼少女。

果然，因為過度催發魔力的關係，少女早就陷入失控狀態。她全身散發著淡淡光芒。隨時爆炸都不奇怪。

「妳想解脫嗎？」

威廉不太認為對方聽得見，但還是問了。

少女似乎對他露出了一抹微笑。

威廉將手指抵在少女的胸口中央，趁著心跳的空檔輕輕按壓。在致命時機心律失調的心臟瞬間停止跳動。

血液停止循環，魔力就不會繼續失控。不知名的少女黃金妖精靜靜地死去。

大概是因為得不到繼續運作的魔力，金屬甲冑停止動作。威廉拖出另一個被裝在甲冑胸口的少女，用相同方式斷絕她的性命。

伴隨著「啵」的小小一聲，兩具屍骸迸散成光粉，隨即消滅。

威廉沉浸隨風吹來的光粉當中，哀悼似的噤聲片刻。

他吸氣。

吐氣。

剛才那些妖精他不認識。至少，對方不是倉庫出身的孩子。那應該代表她們誕生於大陸群的某處，卻沒能住進倉庫就被抓去當這種兵器的零件了。

只要運氣好一點，她們應該也可以和其他孩子一樣，聚集在妖精倉庫，過著無憂無慮……即使以兵器身分殞命的結果並無差異，在犧牲之前也還算快樂的生活。

然而，她們並沒有。

威廉咬緊嘴唇。一向如此。從立志成為勇者那一天，他就重複嚐著這樣的滋味。每次發現想拯救的某個人時，事情總是已經進展到無法轉圜的地步了。

「…………動手吧。」

威廉用右眼瞪著金屬甲冑的殘骸，並且對內心的〈獸〉發下許可。

伴隨著無聲的喜悅，從〈嘆月的最初之獸〉身上繼承的一部分**生態**獲得解放了。

其**姿態**能讓周圍環境歸為原始，幾乎所有在星神創世後出現的人造物……換句話說，就是除了〈獸〉與沙土以外的萬物，都將恢復原始面貌，回歸成〈獸〉與砂土。

過去眾星神……應該說，侍奉祂們的眾地神以只有灰色沙子的大地為礎，創造出肥沃大地。因此，由大地所生的萬物一旦被喚回原形，就會變回砂礫的樣貌。

沙沙。

隨著毫無緊張感的聲響，原本已毀壞的甲冑，成了堆積如山的灰沙。

周圍一片安靜。

這當然。有凶猛怪物作亂的地方，任誰都不會久留。城裡的人們精明而迅速。威廉轉頭所見的範圍內，只有一道人影。

「菈恩托露可。」

威廉呼喚其名，少女像是下了決心，向前朝他靠近幾步……

即使如此，她並沒有打算繼續拉近彼此的距離。

少女手中的聖劍希斯特里亞散發著淡淡光芒，顯示正處於備戰態勢。

了不起，威廉如此心想。

或許因為本質是小孩的關係，整體來說，妖精們都個性坦率。堪憂的是不管接觸什麼人，一旦熟稔以後，她們就絕不會懷疑對方。在那當中，菈恩托露可屬於罕見地能冷靜判斷的孩子……印象中是如此。所以，她現在見到威廉的臉也毫不鬆懈，更看出情況有異而存著戒心。

……威廉姑且先不考慮自己原本就被她討厭的可能性。

「妳人會在大陸群，表示『車前草』平安回到這裡了嗎？我一直在擔心耶，妳怎麼會待在這座城市？」

「不，你講些什麼啊？那是我要說的台詞。好久不見了，技官。」

「噢。妳今天一個人嗎？」

「這個嘛，誰曉得呢，或許還有人躲在旁邊喔。」

原來如此。菈恩托露可完全不掩飾自己對他有戒心啊。甚至還把那一點當成心理戰籌碼來牽制他的行動。真是個冷靜又靈光的孩子。

換成平時，威廉可以輕易掌握到妖精們的氣息。不曉得在不在的伏兵，對他來說不足以構成心理戰的底牌。但如今一邊忍著持續不斷的頭痛一邊講話，他就沒有那麼敏銳了。

「妖精倉庫快瓦解的事情，跟這東西有關嗎？」

威廉輕輕地踹著沙堆，並且試著詢問。

「你從什麼地方聽到那種消息的？」

奈芙蓮到旅舍找威廉時，有提過那件事。雖然他在失憶時只是隨便聽聽，但在此刻，他就能理解想起當時聽過的內容。

「發生過不少事。狀況怎麼樣？」

「你說對了。艾爾畢斯國防軍企圖從護翼軍手上奪走與〈獸〉作戰的權利，這好像就是他們想當成比我們更優秀的兵器來推銷的商品。」

原來如此，威廉心想。

菈恩托露可給的答案大致如他所料，同時也比他想的更嚴重。

對方軍中打的算盤簡單明快。可是，既然如此強大的兵器已經實地製造出來，要阻止就有困難。

啊，不對。

倒也不難就是了。雖然以手法來講不太聰明，要對策還是有。

（……唔。）

頭痛正在惡化。當他們像這樣交談時，威廉所剩的時間仍逐漸減少。已經沒時間問答了。

「我也有事要問。之前你到底……」

「抱歉，我拒絕回答悠哉的問題。我現在只可以立刻告訴妳，目前妳恐怕最想知道的一件事。」

「咦……啊！」

菈恩托露可往後頭高高躍起。同時，上一刻她站的位置附近的路燈、長椅、招牌都化為灰色沙子崩解了。

「那股力量。難道……你真的變成〈獸〉了！」

威廉笑道。

「我屬於〈嘆月的最初之獸〉的亞種。大概啦。」

「不會吧。」

「我體內的〈獸〉，是追求回歸的化身。它想取回以往居住的世界。其願望直接和破壞現今世界的願望相通。」

「可是——」

「活在沒有故鄉的世界，還滿苦的喔？」

菈恩托露可屏息。

「好了，問答差不多就到這裡。讓我們開始吧，懸浮大陸群的偉大守護者——」

威廉在中途截斷自己說的話，並稍稍傾身。將人體構造運用至極限，以最快速度朝下方以外的方向墜落。那是人族以往創造用來交付自身命運的最高峰睿智之一。

驚贊崩疾。

他窺伺菈恩托露可的呼吸，趁著對方無法反應的瞬間擰身拉近距離。

來不及反應。得手了，威廉如此篤定。

間距僅剩半步多。威廉扭身。他精確地瞄準與殺吉剛才那兩人時相同的位置，胸腔中間的要害，經由死角以雙指刺穿——

一連串動作於中途停下。

在威廉和菈恩托露可之間，僅止分毫的空隙，一柄大劍闖入其中。威廉的指尖冒出短瞬刺燙感。菈恩托露可的瀏海隨劍風搖曳。

聖劍，瓦爾卡利斯。

「兩個人私下搞這種事，感覺好下流喔～」

旁邊。不知何時趕到的艾瑟雅眯眼，露出一如往常的笑容。

「能不能讓我參加呢？」

「可以是可以，我沒辦法對妳們溫柔喔。」

「呀哈哈，光那樣回話就夠溫柔了喔？」

艾瑟雅將手腕一轉，瓦爾卡利斯的劍身劃出不自然的銳角軌道，切向威廉頸項。壓低姿勢躲過以後，不知不覺中揮到正上方的劍立刻又一直線朝他劈下。

「唔喔？」

威廉朝背後翻了跟斗，這才勉強閃過。

「哎呀，剛才被閃掉啦？」艾瑟雅裝蒜地說：「真行。以往這招都沒有在實戰中失手過耶。」

「我想也是。」

威廉的嘴角在抽搐。汗水沿額頭流下。即使變成〈獸〉還是會流汗啊，他學到了。

「居然一出手就操控慣性偷襲……妳真的都不留情耶？」

「哎～技官，其實我對你滿認真的喔。」

艾瑟雅打趣說出這種話，同時又間不容緩地繼續進攻。

從劍壓感受不出多大魔力，但即使如此，當然也不代表毫無威脅。

「等……等一下，你們兩個！這是在做什麼！」

足足晚了幾秒，菈恩托路可才尖叫似的發出疑問。

「看了不就知道嗎，我在接納技官的愛～」

「這不是拚命猛攻的人該說的台詞吧！」

「我並不是想聽你們倆說笑！」

「說笑？」

威廉以回馬拳從旁擋開瓦爾卡利斯，艾瑟雅架勢大亂——剛這麼想，她隨即出腳蹬在石版道上，縱身一躍，連翻帶滾地拉開距離。

「我才沒有說笑喔。菈恩，妳還不懂技官為什麼要這麼做嗎？」

「……咦？」

威廉咂嘴。

「妳不必跟她廢話。」

仍舊單膝跪地的艾瑟雅又繼續說。

「這個人啊，是想把角色讓給我們。」

「都叫妳別廢話了。」

「從〈獸〉的威脅下，守護懸浮大陸群的最後一座最強碉堡。以往我們都被那樣的頭銜逼著上戰場，卻也一路守護著我們。剛才那種特大號甲冑就是不錯的證據。可以認清艾爾畢斯那些人想用什麼方式運用我們。」

實際上，那是了不起的技術。打開妖精鄉之門，再把熱量失控的龐大魔力全納入控制之下。並非用於瞬間的爆發，而是運作時都能當成高功率的燃料持續利用。雖然妖精的下場殊途同歸，但是以兵器來說，像艾爾畢斯那樣應該更好運用。

「所以嘍，技官才想把那個頭銜再一次交給我們。」

艾瑟雅微微低頭。

「那個大傢伙完全敵不過技官——敵不過這頭〈獸〉。而我們只要有能力收拾〈獸〉，就可以顯示黃金妖精的戰略性價值不容忽視。再不然，至少艾爾畢斯打的如意算盤也會澈底泡湯。」

「啊」地叫出聲音的菈恩托露可捂住自己嘴巴。

艾瑟雅一邊揉眼睛，一邊緩緩起身。

「……他想保護妖精倉庫。為此，這個笨蛋把命也賠上去了。」

「多嘴。」

原本這項計策並不需要被人理解。

威嚴只要單純以〈獸〉的身分，善盡該被打倒的反派職責，剩下的事都會好轉才對。

「……欸，我問妳們。妳們喜歡倉庫裡的小不點嗎？」

「什麼？」菈恩托露可一時不備，睜大了眼睛。

「嗯？」艾瑟雅偏頭。

「妳們賭命戰鬥，是為了保護她們嗎？」

「那……」

菈恩托露可的臉紅了。

「那不需要你管吧！」

威廉忍俊不住。

「哈……哈哈！」

好懷念。啊，真的好懷念。

沒錯。以前他也問過珂朵莉一樣的問題。

而且那時候，他聽到了和剛才菈恩托露可一模一樣的回答。

「哎，妳們幾個！妳們這些傢伙真是！」

真是——令人疼愛。

威廉想起來了。他想起自己打算在這個世界做些什麼。

雖然這個世界，已經沒有屬於他的戰鬥。

可是，既然有人懷著跟以往他們那夥人一樣的想法在奮戰。

那自己至少要扶持她們。

讓她們能代替誰也救不了的他，將希望保護重視之人的想法，貫徹到最後——

「——要上嘍。」

現在的威廉無法催發魔力。

魔力與生命力相反。越接近死亡的人越能催發強大魔力，相對地也會加速自己的死亡。反過來說，離死亡遙遠的人與魔力不對盤。像「灰岩皮」和妮戈蘭就是生為頑強的種族，因此連催發魔力這件事都辦不到。

他目前的這副身體已非人類之軀。基本上，連有沒有「死」這樣的結局留在未來都令人懷疑。簡單來說應該就這麼回事。

還有，他當然是徒手空拳。因此，能用的武器只有身上所學的武技體術，以及解放〈獸〉的本性將對手化成灰。而且後者對嚴格來講不具肉體的妖精們應該效果不大。實質上，可以依靠的只有自己身為人的本領。

這一戰雖苦，還是要盡力為之。

另外，這次總該讓自己的戰鬥告終了。

威廉邊吸氣邊挪身。蜃景步法。艾瑟雅似乎察覺有危險，就以電光般的劍路在身邊設下重圍。威廉穿過一切劍圍，澈底逼近。可以看見遲了些許的菈恩托露可有動作，但她趕不上。威廉用右肘瞄準艾瑟雅的下巴，左拳則針對側腹。艾瑟雅放開瓦爾卡利斯。將揮到一半的重物脫手，架勢自然會亂。威廉的肘與拳稍微失去準頭。艾瑟雅伸手抓住他的頭髮，一把將威廉整顆頭抱到胸口。艾瑟雅帶著魔力的臂力十分強勁，無法甩開。

「菈恩！」

艾瑟雅大喊。

「快動手！」

「唔……！」

即使心存迷惘，菈恩托露可仍為了該做的事而動手。希斯特里亞探出其劍尖，直入威廉的腹部。帶有魔力的劍鋒切開肌肉，陷入腹部深處。

流出來的血，是鮮紅的。

菈恩托露可的臉扭曲得像是快要落淚，手臂失去了力氣。

「……啊……啊……」

「就這樣？」

威廉出拳搗向艾瑟雅的胸腔。拳勁隔著魔力的防禦強行灌入。肺臟遭重創的艾瑟雅連叫都叫不出聲就昏厥了，扣著威廉腦袋的雙手因而鬆脫。

「艾瑟雅剛才說漏了兩件事。假如妳們不夠強，就會迎接在這裡全滅的末路。這樣的台詞說來老套，不過與其以後痛苦，現在就死還比較痛快吧。」

威廉甩開艾瑟雅，然後抓住了希斯特里亞插在腹部的劍身。

「另一點。我已經是〈獸〉了。能像這樣和妳們交談的自我立刻就會消失。如果不趁現在收拾我，我就會動手讓這座十一號島墜落。」

表情更加悲痛扭曲的菈恩托露可奮然將希斯特里亞拔出。劍身紅且濕。她振臂舉劍高揮。動作太慢。滿是破綻。威廉想打任何部位都行。

——這是在誘他出手嗎！

威廉使出左拳與右腿。兩招都沒有動真格。為了一探菈恩托露可誘他出手的真正心思，威廉以彼之道還施彼身。菈恩托露可果真扭了身，並強行擋開威廉的攻擊路徑，順勢將全副勁道用於揮動希斯特里亞。

利如處刑刀的颶風，掃過了威廉的頸部。

「原來如此。」

身法像黏液般纏人的威廉閃到菈恩托露可背後，並且在她耳邊細語。

「似乎將迷惘拋開了自然最好。不過，假如出全力還是這點程度，我總不能死在妳們手——」

「喝啊啊啊啊啊啊啊啊啊啊啊！」

咫尺之內。第三名妖精強勁而又可愛的吶喊聲傳來。

——啥？

緹亞忒。

啊，沒錯。威廉都忘了。

明明第一次帶她來這座城市的不是別人，就是他自己。

這女孩也是妖精兵。手持聖劍作戰的大陸群守護者，他們這些勇者的正統繼承人。

──伊格納雷歐嗎！

緹亞忒所佩的聖劍伊格納雷歐絕非高位階的劍。性能頂多比量產型貨色高一些，是把樸素的劍。特有的異稟更是「單純讓自己變得不醒目」這種必須視場合使用的能力。

──喂，妳已經懂得怎麼用了嗎？成長真快啊！

當然，是威廉將注意力全放在艾瑟雅和菈恩托露可身上才有此結果。持續不停的頭痛應該也成了後援。就算那樣，光是能絲毫不被察覺而貼近到這個距離便足以讚嘆了。

基本上，劍本身的異稟並非一拿到手就會懂得用法。假如沒有認真面對自己用的劍，應該連從哪裡著手都無法領悟。

這孩子會成為出色的士兵。沒錯，威廉想起單眼鬼醫生曾幾何時說過的話。受不了。真的一點都沒錯。你是個名醫。

不過，還欠臨門一腳。

威廉將菈恩托露可推開，然後轉身面對緹亞忒。

有氣勢。魄力也夠。更沒有因為迷惘而拖累身手。可是體格卻無從彌補，欠缺臂力，技術和經驗也不足。假如偷襲完全成功也就罷了，既然像這樣讓威廉‧克梅修有採取反應的時間，她們已經沒有殘餘的希望——

唰。

「……啊？」

巨大的劍刃從威廉胸口冒了出來。

形狀眼熟的劍刃。

極位古聖劍之一，瑟尼歐里斯。

——難道是……珂朵莉？

內心有些混亂的威廉想回頭。

身體僵住了。他費力地轉動頸子。

「啊……嗚哇……」

在威廉眼前，有哭得皺成一團的臉。

熟面孔。而且，那是他完全沒料到的面孔。

「菈琪……旭……？」

「嗚……威……威廉先……生……」

為什麼這孩子會在這裡？她明明還是個小孩子。

……啊，錯了。不是那樣的。孩子都會長大。一不注意，他們就會抓準時機脫胎換骨。

在威廉離開的這段期間，妖精倉庫仍陸續培養著新的力量。

「……哈哈。」

真令人高興。

接近壞掉的眾多孩童靈魂，將接近壞掉的世界一路支持到此。這些孩子果然厲害。比起始終在路上迷惘的他厲害得多。

接下來的事情，應該不用擔心了。

就算他不在，就算他不能再幫些什麼，應該也不要緊。

名為威廉．克梅修的落第勇者，終於可以就此將本身一再畫蛇添足的故事，劃下句點。

「行了。雖然只是勉強過關，算妳們及格。」

威廉咯咯笑道。血從嘴邊冒了出來。

「啊，菈琪旭。但是關於瑟尼歐里斯的用法，我還不能給妳滿分。既然要對付不死的存在，妳就得確實把它當成『不死者剋星』來用。很厲害的喔，畢竟它有將那位星神艾陸可・霍克斯登封印了五百年的實際成績。」

「咦……？」

「仔細看，要這樣用。」

他將手掌湊向劍身。

聖劍會呼應交戰對手的力量，提昇其魔力。現在的威廉本身無法催發魔力，但瑟尼歐里斯內部的力量充沛十足。有了這些，要喚起瑟尼歐里斯的奇蹟應該足夠。

威廉一條一條地依序撥動劍身內側搭起的咒力線。像在彈奏豎琴那樣，有細細的弦音傳出。弦音相連，串成了笨拙的搖籃曲。

相傳在眾多聖劍中，被列為極位古聖劍之一的瑟尼歐里斯是最為高潔的一柄劍。能駕馭它的人極為有限，理由便是在此。

若要用語言精確記述其條件，內容將會像這樣。

只有喪失歸宿，放棄返回本身的依歸，將自己的未來盡皆拋棄之人，方有資格使用瑟尼歐里斯——

並非懷抱悲劇者。並非克服悲劇者。

並非不具希望者。並非捨棄希望者。

懷有衷心強烈期盼的未來，又能接受自己絕對無法將那種未來納入手中的人，才能拿起這把劍，將手伸向其他的未來。

大劍劍身上的裂痕張開了。

淡淡光芒從縫隙間湧出。

人世中最高階的聖劍瑟尼歐里斯顯現其特有異稟。能令萬物化為「死者」的那種力量，即使面對不死之人也不例外。

淡淡的光芒慢慢減弱，而後消失。

「技官……？」

菈恩托露可抬起臉龐，低喃了一聲。

「威廉……？」

緹亞忒無處揮下舉至頭頂的伊格納雷歐，茫然地呼喚那名字。

「嗚嗚……嗚啊啊啊……」

菈琪旭忍住聲音，只顧哭著打嗝。

混帳東西。

威廉已經發不出聲音，只能在內心苦笑。

妳們幾個贏了。妳們除去危險的〈獸〉，守住懸浮島了。妳們是英雄。妳們彰顯了自己的價值。妳們親手爭取到自己的明天了。

所以，妳們該高興啊。

高興給我看。

要是妳們都在哭，我就不知道自己為什麼要倒在這裡啦。我想到了，這都是艾瑟雅害的。都是因為她多嘴把事情說破，我想把反派扮好的計畫就泡湯了。

唉。可惡。最後一刻還是無法好好收尾。為什麼我想做的每件事，總是不順利呢？

——有什麼關係呢？就是要那樣拚命付出，才像你啊。

威廉好像聽見有人嘻嘻取笑他。

不可能聽見的聲音。威廉明白那是幻聽。

即使如此。

在最後能聽見那傢伙的聲音，他覺得很高興。

（…………）

他有許多話想告訴那傢伙。

也有許多想傳達的心意。

然而，在任何地方都找不到那樣的時間與空閒了。所以。

（謝了。）

最後，他只在內心嘀咕了這麼一句。

像拉下帷幕一樣，威廉的視野頓時變暗了。

全身彷彿被飄浮感包圍。有種似乎一直往下墜的錯覺。

朝一片漆黑墜落，落得又低，又深，又沉。墜落不止。墜落不止。

†

——二號懸浮島。

奈芙蓮在驀然間回首。

眼前是四季感交雜得不可思議的庭園。再過去，只有無邊無際的廣闊藍天。

「怎麼了？」

大賢者問，但她沒有回答。相對地——

「……那個笨蛋。」

奈芙蓮低聲咕噥。

只有一顆小小的淚珠，沿著她的臉落了下來。

「可以相伴相依嗎？」
-starry night-

日常生活隨時都瀕臨於結束邊緣。

反覆度過瀕臨結束的每一天，構成了日常生活。

當中會有新參加的人，也會有離開的人。

其面貌一點一點地改變著，在迎接真正結束的那一刻之前，都會一直持續。

報上指出，那場〈獸〉群的襲擊是滅殺奉史騎士團搞的鬼。那班人原本在市內就惡名昭彰，因此報上的情報極為自然地滲透並取信於大眾了。

艾爾畢斯國和科里拿第爾契市，乃至於護翼軍之間有過什麼樣的交易不得而知。在情感面上難免想將真相散播出去，但那樣搞不好會導致戰爭。

不過，至少艾爾畢斯國防軍因為這次的事情大為失勢。護翼軍高層據說也出現了相當程度的人事更動，同樣的事應該不會立刻又重演。

——額外補充，在那份報紙的角落，還登了小小一篇在科里拿第爾契市郊尋獲一名豚頭族死於非命的報導。

†

艾陸可・霍克斯登回歸。

這項事實，在懸浮大陸群最大的祕境且兼為靜謐聖域的二號懸浮島上，引起了幾乎一字不假的「大震撼」。

『唔喔喔喔喔喔喔喔喔喔喔喔喔喔喔艾陸可啊啊啊啊啊啊啊啊啊。』

大顆的黑色頭蓋骨嘶喊。

寐於死亡者。在光明庭院點亮黑暗者。其神格有著各種威風別名，屬三地神之一的黑燭公正拋開了威嚴、尊嚴和一切的一切吶喊出聲。

空洞眼窩裡有詭異光芒猛烈閃爍，沒有嘴唇的牙齒咯咯作響。

『幸虧……幸虧妳沒事啊啊啊啊啊！』

『哎，吵死了！你這窩囊廢給我閉嘴！』

大條的紅色空魚朝黑燭公劈頭就罵。

同屬三地神之一的紅湖伯暴跳如雷地在半空打轉。

『你花了五百年時間都在搞些什麼！退一百步，我可以不追究你用主神之魂保衛世界這件事喔。可是，為什麼你花下那麼多時間，星船的修理卻一點進度都沒有！』

『有……有何辦法呢！看看我這模樣，連重新構築自身的肉體都無法如願，力量就是這麼不足啊！』

『還不是因為你只會多管閒事！反正你趕快把這個由浮島構成的世界全給我扔了！』

『怎麼可能那樣辦啊，蠢材！』

「哎喲，你們兩個都好吵～！」

被兩尊神夾在中間的艾陸可氣得擺架子大叫。

『艾陸可，但是不趕快叫這傢伙取回力量並且擺脫詛咒的話，妳那副身軀就一直都只有半條命喔！妳也想早點恢復吧？』

『關……關於那個嘛，我是有積極打算。』

「我不介意。」

兩尊神一塊發出了『啥？』和『唔？』的疑問聲音。

「我保持這樣就可以了。」

『為為為什麼！沒有先確實復活的話，就算星船修好，要搭上去身體也會撐不住喔？會無法離開這個世界喔？』

「我哪裡也不去。畢竟，我滿喜歡這個世界。」

『不不不！這個世界已經走到末路了！幾乎什麼也沒有耶！距離消失殆盡已經進入倒數階段了不是嗎！』

「可是，倒數的時間又還沒到。」

『妳怎麼會有這種今朝有酒今朝醉的想法！欸欸欸，黑燭公，你也說說她啦。』

『唔……唔嗯？』

頭蓋骨忽然接到話題，疑惑似的將牙齒咬得發響。

『在懸浮島上生活，讓妳邂逅了什麼美好的事情嗎？』

「……嗯。」

『是嗎是嗎。妳有了喜歡的男人嗎？』

「…………………………沒有，不是那樣的。」

『等一下！你在問什麼！妳又在回答什麼！』

「像他那樣，也就只有一點點帥。**珂朵莉**和**黎拉**都太過妥協了。」

『是嗎是嗎。』

頭蓋骨像個慈祥老爺爺一樣地笑著連連點頭。

而在他們身邊，空魚正大呼小叫地直打轉。

奈芙蓮茫然地望著那一幕。

紅湖伯到現在仍沒有獲得所謂的物質體。她還棲息在奈芙蓮的一部分心靈中。不過，只要奈芙蓮留在這座二號懸浮島的特殊結界裡，據說紅湖伯就可以隨意在結界內活動，隨意和其他人打交道。「因為這裡也是保存原始世界雛形的資料庫，所以肉體與精神有交相存在的空間。」紅湖伯是這麼說的，但奈芙蓮不太懂。她也不肯進一步解釋。真想要說明書。

「欸，該亞。」

奈芙蓮試著跟擔任黑燭公僕從的貓徵族(Ayrantrobos)搭話。

「是的，有什麼事嗎，奈芙蓮大人？」

「今天晚餐預定吃什麼？」

「還沒有決定，但是夏之園的收成不錯，所以我打算用那裡的收穫來作飯。」

「嗯，我明白了。之後我再去幫忙。」

奈芙蓮說完，便打算離開房間。

「您要去哪裡？」

「威廉身邊。」

威廉·克梅修的遺體被送到二號懸浮島，安藏於島內的深處。黑燭公的意見是：「再把他冰起來會不會比較好？」但是被艾陸可和奈芙蓮兩人駁回了。

整理得乾乾淨淨的床鋪上，彷彿只是沉睡著的威廉已然斷魂。

「……你……會不會冷？」

奈芙蓮試著摸了威廉的手。好冰冷。

「會不會……寂寞？」

她試著摸了臉頰。還是好冷。

奈芙蓮想幫威廉蓋條被子。當然，就算那麼做也沒有意義。

她甚至想過，要像以前偶爾為之的那樣睡在他旁邊。可是，已經連那樣做的意義都沒有了。

「**黑燭**有說過，想讓他復活並沒有多困難。」

房間門口，有不知不覺中過來的艾陸可站在那裡。

「和我的狀況一樣。只要稍微減緩瑟尼歐里斯的詛咒，他就會有一小部分變得不是屍體，又能自己活過來。」

「那是以〈獸〉的身分復活，對吧？」

「當然是那樣沒錯。不過，**奈芙蓮**，就算那樣也不會讓妳困擾吧。妳還不是跟他一樣屬於〈獸〉。」

「沒有意義。」奈芙蓮搖頭。「就算獨占壞掉的威廉，我也不會開心。我不想……」

奈芙蓮想了一會兒。

「我不想……讓威廉不幸。」

「嗯。**奈芙蓮**，妳的品味也好糟糕。」

艾陸可一臉無趣地說著走進房間裡。

接著，她高高興興地直接躺到威廉旁邊。

「妳在做什麼？」

「休息。」

「為什麼要在這裡？」

「沒有什麼大不了的理由，但我總覺得這樣很能平靜……好痛好痛！」

奈芙蓮擰著艾陸可耳朵，把她從床舖拖了出來。

艾陸可直接被一路拖到房間外面。

「禁止陪睡。」

「為什麼為什麼！我跟他都是屍體，不構成問題吧！」

「那裡是我的專用席。無論屍體或星神都不讓。」

「好霸道！」

而且越拖越遠。

†

他在夢境當中。

看得見夕陽。

在漆黑地平線的另一端，太陽就要西沉。

腳下有狀似用灰色六角形鋪成的小小立足點。除了那塊立足點以外，空無一物的漆黑空間。

在這裡，只有那道即將消失的夕陽，以及所剩不多的立足之處。其他什麼都沒有。即將告終，即將歸為虛無的蒼老世界。

青年就站在那樣的地方。

沒有任何事可做，也沒有任何事可以思考，因此他只是呆在那裡，望著即將消失的太陽。

忽然間，**青年**察覺到身邊有動靜。

在他眼前，不知道是從什麼時候出現的，有塊小小的水晶掉在那裡。

這是什麼——**青年**望著水晶，於是水晶劈哩啪啦地發出聲音裂開、膨脹、扭曲，然後削成了近似於人的模樣。

——啊，原來如此。

這東西就是我體內的〈獸〉嗎？**青年**如此領會。他吞下〈最初之獸〉的碎片以後，因而喚醒的，身為人類的自己的半身。

不曉得是幾百年或幾千年，那應該度過了與人類史同樣長的時間，始終比鄰於人類身邊。雙方卻完全不認識彼此。何止如此，連發現都沒有發現。

「欸，我說啊。」

即使搭話，也沒有任何動靜。

「幸會……這樣說感覺也挺怪的。畢竟我們一直在一起。」

沒有回應。〈獸〉哪裡也沒有看，只是杵在原地。

「不好意思，一直都忽略你。明明你也類似於被害者嘛。」

還是沒有回應。相對地。

「——嗨。」

青年聽見耳熟的聲音，他回頭。

在即將消逝的朱光照耀下，站著一個看不出年齡，長相令人懷念的男子。

「臭師父。」

「你似乎忙了不少事嘛。還有沒有眷戀？」

「多得數不完。」

「那太好了。」

尼爾斯吆喝一聲，坐到威廉身邊，然後笑了笑。

「證明你這趟人生直到最後都過得充實。」

感覺這並不是好笑的事。

「我終於明白了。這些傢伙……只是想回故鄉。」

威廉一邊看向旁邊的水晶塊，一邊說道。

「嗯？」

「它們只是想取回那片灰色的海。

奪走那個的則是星神。而且祂們的理由，一樣也是因為盼望著故鄉。思鄉的兩樣情衝突到最後，大地滅亡了，失去故鄉的人們被趕到懸浮大陸群。

每個人都只是想回家，只是想找回故鄉。」

夕陽搖曳，使得尼爾斯的影子微微地晃動。

「要毀滅世界，根本不需要邪惡。起初，那些都是不會被任何人怪罪的小小願望。而那樣的願望卻如此輕易地，和末日相連在一起。」

「是啊。這個世界也已經完了。」

尼爾斯搔了搔頭。

「順帶一提，我也差不多該上路了。停留在一個世界的我，能以星神身分動用權能的次數僅限六次，為了封印你，我用掉了最後的一次。如今得再啟程尋找下一個世界才行。」

「……原來你是星神啊。」

這理應是衝擊性的真相。威廉卻沒有特別訝異。

也許是因為心靈耗弱的關係，或者他從一開始就認了，無論這個男人的真實身分是什麼都不值得大驚小怪。

「你要跟我來嗎？」

「啊？」

「這個世界已經走入末期了。你是死者，沒有任何可做的事。既然如此，要不要跟我一起到新天地？順利的話，或許你能過一段比較稱心的人生。至少，與其永遠斷魂於此，那樣會活得更有意義。」

「啊～……」威廉思索。「所以說，你的意思是要我　起當星神？」

尼爾斯滿臉苦澀地點頭。

「聽起來滿好玩的。」

「如果是你，我想到任何地方都能吃得開就是了。」

「或許吧。」

失去故鄉是難受的。是痛苦的。不過威廉振作起來了。他順利把新的地方當成了故鄉。那段經驗與回憶是屬於他的珍貴財產。

「結果，我和你都沒辦法為這個世界做些什麼。身為你的臭師父，這就是我所能為你做的最後一件事。」

「去了以後，這傢伙會變成怎樣？」

威廉用目光指向旁邊的水晶塊。

「目前你們勉強處於分離的狀態。到時候將得把〈獸〉留在這裡，只帶你過去新天地。」

「啊……會變成那樣嗎？」

威廉搔搔頭說：

「抱歉。我還是沒辦法去。」

「這樣啊。」

尼爾斯點了頭。

「失去故鄉，失去歸宿，既難受又難過。即使如此，還是可以找到新的地方。肯定任何人都辦得到。」

把懸浮大陸群當故鄉的那些勇敢之人，原本也是大地的子民。在他們接納新故鄉以前，不知道流了多少的血。

「不過，即使突然想改變，也不會順利的。那需要時間。想從失落的悲痛中振作，想認識其他人，想讓心靈有新的著落都一樣。每個傢伙都是在那一環搞砸的。星神是如此。這些〈獸〉也是如此。他們都想著要早一步找回自己的故鄉，就用錯了手段。

哎，說是這麼說，我自己也是久久都沒有發現那一點。不過，只要抬起臉看看四周，身邊也會有人幫忙提醒。」

威廉閉上眼睛。

以自己的情況而言，陪在旁邊的是誰？是葛力克，是妮戈蘭，是奈芙蓮……是珂朵莉。他們教了自己許許多多受用不盡的道理。他們救了被拋棄在世界末日後的自己。

「我想陪在這傢伙旁邊。」

「你想跟它交談？行不通的。精神構造和生態都不一樣喔。」

「應該也是。我並沒有懷著那麼大的夢想。」

威廉裝熟似的伸手勾住水晶塊的肩膀（？）。

「這些傢伙只看得見它們的故鄉。它們眼裡只有已經失去的東西。因此既無法容忍懸浮大陸群的存在，還拚了命地想滅絕我們。

總覺得很令人灰心，不是嗎？

所以，我想幫幫它們。

以前就算了，現在這些傢伙旁邊有個怪怪的人陪著。我希望能讓它們這麼想。」

「你是笨蛋嗎？」

「最近我自己也開始在懷疑了。」

兩人最後相視而笑。

「真是個忙不完的傢伙。連死了以後都要對結束的世界瞎操心。」

「什麼都當不了的我，似乎只能辦到這些。」

「……啊～」

原本想說些什麼的尼爾斯突然變得輪廓模糊。

「有什麼關係，很像你的風格啊。」

「最近我自己對那一點也有同感。」

兩人的話就此說完。

他們站在一塊兒，茫然地望著夕陽。

等威廉回神以後，尼爾斯的身影已經消失無蹤了。

在這完結的世界裡，只剩他和水晶塊——〈獸〉執迷的碎片單獨相處。

「……所以嘍，我們似乎會相處好一段時光，請多指教。」

威廉就地躺下。這塊立足點的空間夠他那麼做。

仰望天空，什麼都沒有。連夜空都沒有。

「對了，沒名字不太方便。要不要我幫你取個好名字？」

威廉悠哉地這麼說完，閉上了眼睛。

——爾後，些許時光流逝。

「優蒂亞！給我站住～！」

「糟了。」

兩名少女跑在破爛宿舍的走廊上。雖然地板似乎隨時會被踏穿，不過她們倆都習慣了，懂得靈巧避開有危險的地方跑。

「今天晚餐是為了慶祝學姊們回來的大餐，我不是說過不准偷吃嗎～！」

「呃，因為聞起來實在太香嘛！阿爾蜜塔，妳煮的飯果然好吃耶，姊姊們都會深感滿意喔。我當然也很滿意。」

「哎喲，氣死人了！妳該被打一頓屁股！」

「才不要～！」

噠噠噠噠噠，宿舍裡天翻地覆。

「吵死了，妳們倆都安靜啦。」

「怎麼，那兩個人又來了？」

「欸欸欸，來賭一下啦。妳們覺得今天哪邊會贏？」

「喔，不錯耶。我用今天晚上的甜點賭優蒂亞逃得掉。」

「那我跟妳相反……妲潔卡要不要參一腳？」

「嗯？啊～……那我猜迦娜會贏。賭注一樣用今晚的甜點。」

「咦，為什麼？這是在賭優蒂和阿爾蜜塔哪邊會贏耶？」

「那個嘛，我想妳們看就知道了。」

少女們紛紛從窗口探頭，還吱吱喳喳地看著兩人追趕跑跳碰的好戲。

「——今天也好熱鬧耶。」

倉庫深處的資料室。

坐在輪椅上的金髮女子開心似的嘻嘻笑了出來。

「灰塵會滿天飛，我不太希望她們鬧得太凶就是了。好不容易才剛大掃除，花的工夫都白費了。」

另一個櫻色頭髮的女子翻閱著成疊文件，並且困擾似的笑了。

「那是破爛倉庫的宿命啊。我覺得差不多可以來個大翻修了耶。」

「話是那麼說沒錯。」

櫻髮女子妮戈蘭將手指湊在臉上偏了頭。

常言道，食人鬼的年齡不容易顯現在外表。像是親身證明了那一點的她，外表從那時候就幾乎沒變過。

「到處都刻有回憶，每次要拜託業者都會猶豫。像餐廳牆上的傷痕，妳記得嗎，是娜芙德和菈恩托露可比身高時留下來的。」

「啊～刻得太密，結果分不清楚誰是誰的那些痕跡對不對？」

金髮女子懷念似的瞇細眼睛。

「這麼說來，她們兩個今年有沒有空回來啊？」

「嗯。可惜好像沒辦法。那兩個人目前的工作似乎都在滿遠的地方。」

「啊～那就沒辦法嘍。」

發生了許多事情。

比方說，限制妖精自由的規則，在部分附加條件下放寬了。結果，目前有一部分成體妖精是在妖精倉庫外生活。

雖然形式並不正規，但菈恩托露可現在到了奧爾蘭多商會，一手包辦妖精倉庫及遺跡兵器相關的會計事務和協調角色。而娜芙德成了陪打撈者前往大地的護衛，定位類似於護翼軍的非正規戰力。

她們倆目前都在離六十八號懸浮島相當遠的地方打拚。沒那麼容易就能找回來。

「……這麼說來，可蓉她們已經回來了嗎？」

「咦，沒有，還沒喔。應該要到傍晚左右就是了。」

「哎呀。那大概是有其他事吧。剛才在港灣區那邊好像有非民用的飛空艇降落耶。」

「剛才？奇怪了，我沒有接到連絡耶。」

妮戈蘭偏頭。

這時候，資料室的門被含蓄地敲響，有個少女探出頭。

「對不起，妮戈蘭小姐，艾瑟雅小姐。請問妳們有沒有看見莉艾兒？」

兩名女子面面相覷。

「沒有耶，怎麼了嗎？」

「從剛才就到處都找不到她。要是她又跑進森林裡玩就危險了，所以我才擔心。」

妖精倉庫的四周被相對濃密的森林包圍著。而且在不容易注意到的地方也會有水窪。對不熟悉的人或小孩來說，算是滿危險的場所。

「糟糕！那得去找她才行！」

妮戈蘭放下文件起身。

「我覺得不用那麼擔心耶。妳會不會保護過頭了？」

「保護過頭是監護者的特權吧！」

她大叫般這麼說完以後，就從資料室衝了出去。

「呃……我該怎麼辦呢？」

被留在原地的少女困擾地問。

「我想妳不用在意喔。」

艾瑟雅對她聳了聳肩。

「迦娜！妳做什麼！」

「嘻嘻嘻。漁翁之利，好吃的我都享用完畢了。」

「站……站住！站住讓我打屁股！」

「啊～……這樣看來，剛才的賭局似乎是妲潔卡贏了耶。」

「唔～賭是賭了，我沒想到真的會贏，好訝異。」

「站住～！」

「……真的好熱鬧耶。」

艾瑟雅獨自留在資料室，嘀咕著露出了落寞的微笑。

仍坐在輪椅上的她，伸手摸了窗戶的玻璃。

以前，這道窗的另一邊，有他和她們幾個在。

有那個青年和少女們，匆匆地度過那短暫的末日時光。

「雖然發生了許多事情，但我們這邊過得滿好的喔。」

如今，他們的身影已經不在了。

所以艾瑟雅無心地朝著藍天，拋出了那句報告。

「你們那邊如何呢？此時此刻，你們在哪裡，正在做什麼呢？」

天空高遠無際。

那些話被吸入天邊，沒有任何回答。

有個女孩從頭頂上方掉了下來。

外表的年齡大概比十歲小一點吧。她似乎在樹枝上踩空，倒栽蔥地摔落了。照這樣下去，肯定會重重撞上地面，演變成跟明媚的春天午後不太相襯的局面。

「喔哇。」

青年伸出手，想接住那個女孩。但他卻在接到前滑了一跤，摔得四腳朝天。結果——

「唔啊！」

他成了那個少女的肉墊，還叫得像被壓扁的青蛙。

「……好痛。」

「對……對不起！」

晚了幾秒，少女似乎才搞懂情形，連忙從青年身上退開。

「有……有沒有受傷！你還活著嗎？內臟有沒有被壓扁？」

「啊～我不要緊。別看我這樣，身子可是很結實的。」

青年拍了拍弄髒的衣服起身。

「話雖如此，身上都搞得髒兮兮了。那妳沒事吧——」

他看向少女的身影。

如晴朗天空的藍色頭髮。如俯望平靜海面時的深藍眼睛。

似曾相識，他有那種感覺。

「——咦？」

目光交接的兩人愣住了。

「妳跟我……在什麼地方見過面嗎？」

「沒……沒有啊，我想是沒有……大概……」

少女偏頭。

「再說，我從來沒有離開過這座島。你不是這座島的人，對不對？」

「啊～哎，算是久久沒有回來吧。」

青年答得含糊。

「你會走這條路，表示有事情要到我們的倉庫嗎？」

「是啊。」

「那你就是客人。跟我來，我幫你帶路。」

少女一個轉身，裝模作樣地邁出腳步。

青年呆呆地望著她的背影。

「怎麼了嗎？」

「呃……沒事啦。」

青年搔了搔頭，邁出腳步。這時候——

「莉艾兒～！」

從他們前進的方向，傳來了呼喚著某個人的女性嗓音。對方正朝他們接近。

「莉艾兒……哎，真是的！原來妳在這裡！」

高個兒的女子碎步趕來。

「受不了，別害人操心啦。之前就告訴過妳，不可以一個人進森……」

對不起，可是聽我說喔，有好稀奇的動物。剛才被牠逃掉了，但是我有追到那邊的樹上，跟妳說喔……

少女那讓人分不出是找藉口或自誇的辯解詞，說到一半就停了。因為女子的目光並沒有對著她。

「不會……吧。」

女子用雙手掩著嘴巴，她低語的聲音正在顫抖。

「怎麼可能……你為什麼會……」

「抱歉。拖了這麼長一段時間沒回來。」

咦？咦？咦？

看不懂狀況的少女，目光在青年及女子之間來來回回。可是兩人卻不做任何說明，只見目光互相交錯，彷彿只有他們懂彼此的意思。

「我回來了。」

男方如此說道。

女方睜大了眼睛，兩眼發直，眼眶緩緩地盈出淚水，笑臉及哭臉讓整張臉孔皺成了一團。

然後，她哽咽了好幾次，才用發抖的聲音回答：

「歡迎你……回來……！」

後記／寫在結束後的話

假如這裡有時光機，我想去見十二年前的自己。

那時候，我每天都在深夜的家庭餐廳飲料吧追求最棒的混搭飲料。調出滿意的味道以後，我會回到座位上慢條斯理地打開筆記型電腦，帶著認真的臉孔玩踩地雷。要是膩了就改玩傷心小棧或接龍。然後一回神就天亮了。這正是我在當時的標準作家生活。

我想去找那個年輕的枯野瑛，這樣對他說：

嗨，我是十二年後的你，來這裡要給你一個建議。

你剛才存到硬碟深處的奇幻世界企畫書千萬不能丟。因為之後你會經歷到嚇死人的驚滔駭浪，好幾次差點就受挫不起，坦白講根本就趴到地上了，即使如此還是有好好把故事寫完的未來在等著你。還有那份企畫書寫到的「好像吃過人的餓鬼女主角」雖然會稍微修改，但還是可以在故事中出現的。

接著，過去的我就有話說了。從未來跑來這種事令人無法立刻置信，要取信於人，就說說看你們那個時代流行什麼電影。於是我沉思片刻。雖然最近忙東忙西，都沒有好好看電影，但是代表性的話題作名稱還是講得出來。因此我自信地回答：《星際大戰》。

……啊，不行。

這屬於會被吐槽「你以為那是多久以前的電影了啊！」而越扯越複雜的套路。

先別管以前的我好了。

所以嘍，我是現在的枯野。讓各位久等了。

在此奉上《末日時在做什麼？有沒有空？可以來拯救嗎？》的最後一集。

是的，沒有錯。這是最後一集。

威廉．克梅修這名角色的故事說到這裡，便迎接結局了。

真的發生過許多事，我在眾多人們的支持下一路走了過來。感謝所有奉陪到這裡的讀者。衷心感謝你們。

另外，說來倉促，有消息要發表。

坦白告訴各位，我要開始寫新系列了。

一篇故事結束以後，就會有另一篇故事揭幕。在即將告終的世界，有群人仍過著他們尚未告終的日子。那是由一群各懷私心期盼著結局到來的人，在跌跌撞撞之間度過的無常日子——

舞台和《末日時（略）》一樣在懸浮大陸群。只是經過了一小段時間。原本小不隆咚的那些孩子們也長大了。

假如各方面都進展順利，新作應該會跟這本書一起上市（註：此指日本）。書名尚未敲定，不過照目前的感覺大概會命名為《末日時在做什麼？能不能再見一面？（暫譯）》……呃，雖然有變短一點，但這個書名還是嫌長啦！

因為如此，若您不嫌棄，請再撥點時間陪伴這個世界在餘暉下所發生的故事。

二〇一六年冬　　枯野　瑛

Kadokawa Light Novels

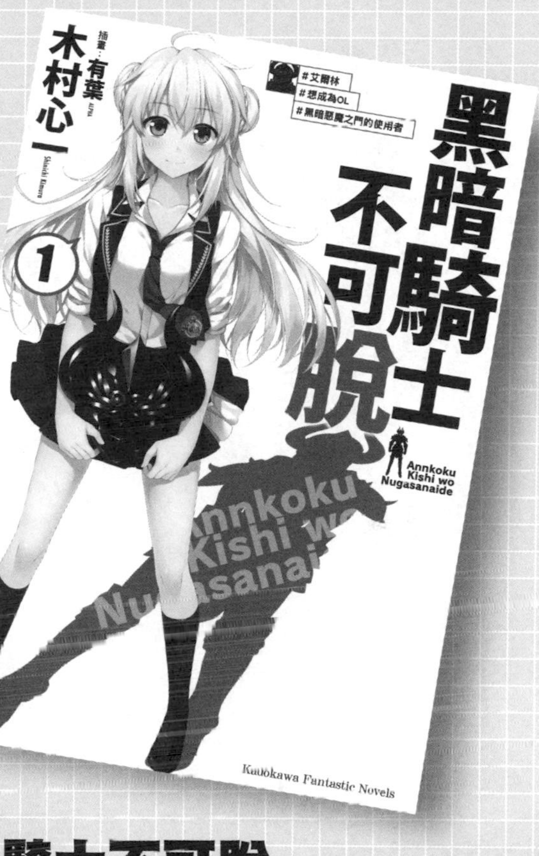

黑暗騎士不可脫 1 待續

Kadokawa Fantastic Novels

作者：木村心一　插畫：有葉

誕生於起居室的黑暗騎士戀愛喜劇，
就此解禁！

鞍馬啟治的學校來了個名叫艾爾林的黑暗騎士轉學生。兩人兩情相悅，但艾爾林卻誤會啟治喜歡的是別人，便脫下鎧甲變成另一個名叫艾莉的人跑到啟治家觀察。她又跟啟治一起玩遊戲，又要他作菜給自己吃，與啟治之間的距離愈來愈近……

台灣角川

NT$180/HK$55

Kadokawa Light Novels

暗殺教師與無能才女

天城ケイ
KeiAmagi

ニノモトニノ

刺客守則 1
ASSASSINSPRIDE

Kadokawa Fantastic Novels

刺客守則 1 待續

作者：天城ケイ　插畫：ニノモトニノ

賭上暗殺教師的驕傲，
向世界展現少女的價值！

在這個世界裡，擁有瑪那這種能力的貴族肩負著守護人類的職責。梅莉達．安傑爾雖身為貴族，卻是個不具備瑪那的特別少女。為了發掘梅莉達的才能，庫法．梵皮爾被派來擔任她的家庭教師，但他也肩負「倘若確認梅莉達沒有才能，就暗殺她」的任務──

NT$220/HK$68

Kadokawa Light Novels

轉生成自動販賣機的我今天也在迷宮徘徊 Author 昼熊 Illustration 加藤いつわ 01 Kadokawa Fantastic Novels

轉生成自動販賣機的我今天也在迷宮徘徊 1 待續

作者：昼熊　插畫：加藤いつわ

自動販賣機×怪力少女
兩人（？）的冒險之旅啟程——！

被捲入一場意外的我，醒來後發現自己佇立在陌生的湖畔，身體完全無法動彈。慌忙之下移動視線，透過湖面倒影發現一個完美的四方體——看來，我似乎變成一台「自動販賣機」了……！在無法自力行動的狀態下，我有辦法在異世界的迷宮存活下去嗎……

NT$200/HK$60

Kadokawa Light Novels

GR #01 轉生鬼神浪漫譚 SE

作者：藍藤遊 插畫：エナミカツミ

Kadokawa Fantastic Novels

written by YU-AIFUJI × illustrated by Katsumi Enami

轉生鬼神浪漫譚 1 待續

作者：藍藤遊　插畫：エナミカツミ

最強妖鬼降臨遊戲界！
破天荒爽快浪漫譚登場！

一名大學生清醒時發現自己轉生到RPG世界中。能來到自己最愛的遊戲世界一事令他開心，但他竟轉生成不上不下的角色，中魔王──「妖鬼」。「這樣下去，我只能等著被主角打掛而已，我才不幹！」妖鬼──酒吞提昇等級，顛覆一段又一段的故事情節……

NT$240/HK$75

台灣角川

Kadokawa Light Novels

英雄都市的笨蛋們 1~2 待續

作者：アサウラ　插畫：だぶ竜

生活在英雄後裔們所居住的城鎮——利口鎮，
莫爾特今天依舊為了房租而賣命！

在房東女兒莉茲的命令下，莫爾特報名參加了某場祭典。那就是——全裸衝進危險的地下神殿，並以此來決定誰是利口鎮第一的「好漢」的「男祭」（還會露點喔）！在身穿浴衣的女性陣營守候之下，莫爾特遇見了……正宗的女神大人？

各 **NT$220~250/HK$68~75**

Kadokawa Light Novels

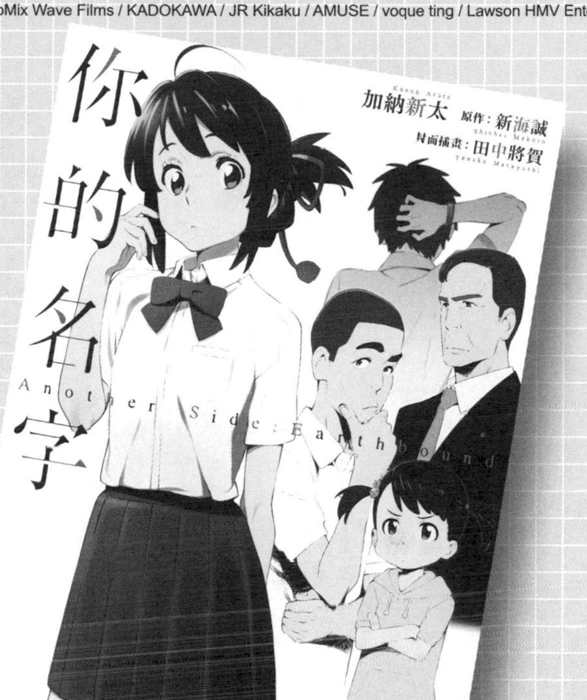

你的名字 Another Side:Earthbound

Kadokawa Fantastic Novels

作者：加納新太　插畫：田中將賀、朝日川日和

新海誠最新力作《你的名字》外傳小說！
深入探討角色們的背景及心境。

住在東京的男高中生瀧因為作夢，開始會跟住在鄉下的女高中生三葉互換靈魂。瀧後來漸漸習慣了不熟悉的女性身軀及陌生的鄉下生活。就在瀧開始想更了解這副身軀的主人三葉時，周遭對不同於以往的三葉感到疑惑的人們也開始對她有了想法──

台灣角川

NT$220/HK$68

Kadokawa Light Novels

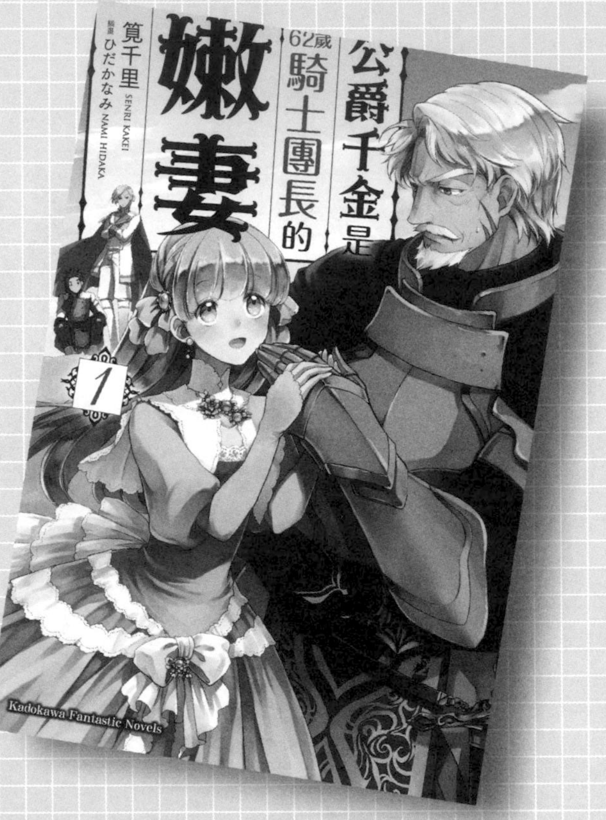

公爵千金是62歲騎士團長的嫩妻 1 待續

Kadokawa Fantastic Novels

作者：篁千里　插畫：ひだかなみ

溫柔的公爵千金凱蘿兒，
竟慘遭王子背棄婚約！

慘遭王子背棄婚約的公爵千金凱蘿兒，沒想到竟然是天大的幸運降臨她身上！這麼一來，就可以毫無牽掛地對思慕已久的「那位先生」發動攻勢了！凱蘿兒下定決心這次一定要活在真實之愛中。心意已決的她，目標就是——62歲的騎士團長威爾海姆大人!?

NT$200/HK$60

台灣角川

Kadokawa Light Novels

轉生成蜘蛛又怎樣！2

作者：馬場翁 okina baba
插畫：輝竜司 tsukasa kiryu

Kadokawa Fantastic Novels

轉生成蜘蛛又怎樣！ 1~2 待續

作者：馬場翁　插畫：輝竜司

蟬聯「成為小說家吧」2015、2016年第1名！
女子高中生轉生成蜘蛛的求生異世界物語！

「我」已經習慣運用蜘蛛絲和魔物戰鬥。我以回到危險的地下迷宮為目標，來到「中層」——那裡卻是岩漿亂噴的灼熱大地！光是站著不動也會扣HP，我唯一的武器蜘蛛絲還被燒個精光！蜘蛛子的生存戰略第二章，即將在充滿業火的獄炎迷宮展開！

各 **NT$240/HK$75**

台灣角川

Kadokawa Light Novels

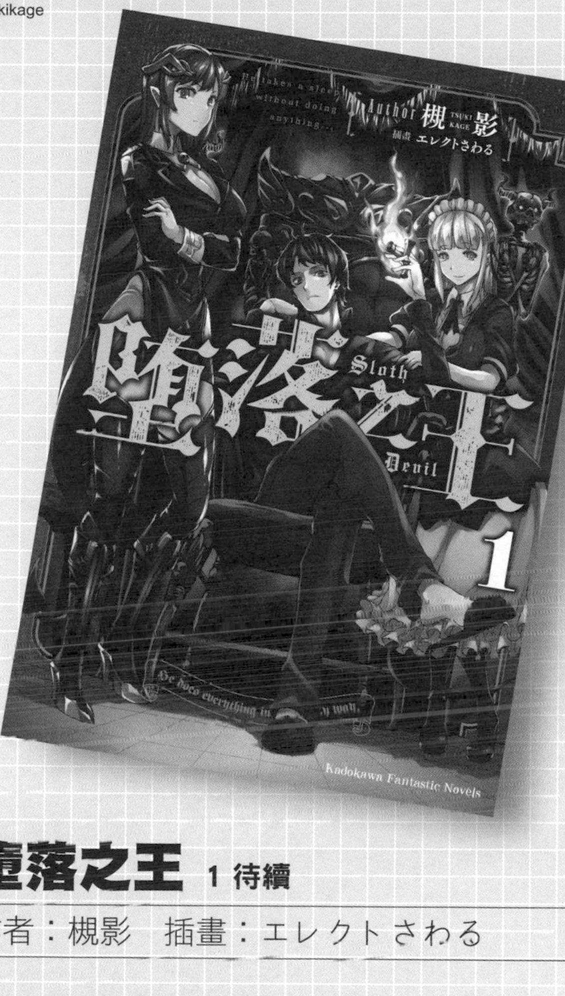

墮落之王 1 待續

作者：槻影　插畫：エレクトさわる

由網路發跡並擁有超高人氣，
欲望漩渦翻騰的墮落轉生幻想故事！

過去是個渺小上班族的雷西．斯洛特道茲，死後轉生到了異世界。他每天懶散度日，不知不覺就成為了執掌「墮落」的魔王。大魔王下達敕令要他去消滅起兵造反的暴食魔王西卜。但怠惰之王雷西仍然待在床上一動也不動……

台灣角川

NT$210/HK$65

國家圖書館出版品預行編目(CIP)資料

末日時在做什麼？有沒有空？可以來拯救嗎？/ 枯野瑛作；鄭人彥譯. -- 初版. -- 臺北市：臺灣角川，2017.03-
冊；　公分

譯自：終末なにしてますか？忙しいですか？救ってもらっていいですか？
ISBN 978-986-473-554-9(第4冊：平裝). --
ISBN 978-986-473-660-7(第5冊：平裝)

861.57　　　　106000987

Kadokawa
Fantastic
Novels

末日時在做什麼？有沒有空？可以來拯救嗎？ 5（完）

（原著名：終末なにしてますか？忙しいですか？救ってもらっていいですか？5）

2017年5月11日 初版第1刷發行
2024年7月3日 初版第15刷發行

作　者：枯野瑛
插　畫：ue
譯　者：鄭人彥
發行人：台灣角川股份有限公司
總　監：呂慧君
總編輯：蔡佩芬
主　編：林秀儒
編　輯：彭曉凡
設計指導：陳晞叡
美術設計：李思穎
印　務：李明修（主任）、張加恩（主任）、張凱棋、潘尚琪

發行所：台灣角川股份有限公司
地　址：104台北市中山區松江路223號3樓
電　話：（02）2515-3000
傳　真：（02）2515-0033
網　址：www.kadokawa.com.tw
劃撥帳戶：台灣角川股份有限公司
劃撥帳號：19487412
法律顧問：有澤法律事務所
製　版：巨茂科技印刷有限公司
ISBN：978-986-473-660-7